Pia Bracony Schilling

Mein Berliner Hundehotel

berlin
mariposa verlag

Die Deutsche Bibliothek – CIP–Einheitsaufnahme

Bracony Schilling, Pia:

Mein Berliner Hundehotel / Pia Bracony Schilling. [Zeichn.: Margit Pilz]. – 1. Aufl. – Berlin : Mariposa–Verl., 1993

ISBN 3–927708–03–8

1. Auflage 1993

Winterfeldtstraße 58, 10781 Berlin

Tel. 030/ 215 74 93

Zeichnungen: Margit Pilz

Gestaltung und Satz: mariposa verlag berlin

Dieses Buch
ist dem Andenken an Bodo Schilling gewidmet,
meinem geliebten Mann
und Lebensbegleiter über 27 Jahre, der mir
zur Seite stand
in der Liebe zum Tier und in der Gestaltung
meines Berliner Hundehotels.

Pia Bracony Schilling, Barnitz 1992

Ich stand einmal
mit einem offenen Buch;
Das Buch war mein Leben.
Schreib, schreib, bat ich die ganze Welt,
und die Augen brannten, während ich bat,
ob Heil, ob Trauer, vergänglich, von Dauer,
ein Leben, ganz gleich, ob leicht oder schwer –
nur keine Blätter, weiß und leer.

Und das Leben schrieb
mit Farben, die standen so rot wie Blut.
Es kam und riß alle weißen Blätter zur Seite.
Es kamen Tage, die flogen wie Blitze,
starke, warme, sonnige Tage,
und es kamen andere, von Angst durchwebt,
von Trübsal und Kummer eng umschwebt;
aber alle, alle waren gelebt.

Welsche rauhe Runen,
die eingegraben stehen sollen
in meinem Sinn – rot wie Blut, heiß wie Glut,
Einsatz im Würfelspiel des Lebens;
ich bitte noch und noch:
schreib, schreib, oh Schicksal, oh Leben,
schreibe nur zu, ohne Rast, ohne Ruh,
ein Leben, ganz gleich, ob leicht oder schwer –
nur keine Blätter, weiß und leer.

J. Blicker Clausen

(Übersetzung aus dem Dänischen von Bodo Schilling)

Inhalt

Wie die Tierliebe in meiner Kinder– und Jugendzeit begann

Viele Menschen denken: »Die armen Scheidungskinder!« Ich weiß nicht, was ich dazu sagen soll, denn es gibt Fälle, in denen die Kinder nach der Trennung der Eltern von beiden Seiten verwöhnt werden. Ich glaube, zu denen gehörte ich. Mama heiratete wieder – Papa auch.

Bei Papa, den ich jeden Sonntag besuchte, war nur eine Sache problematisch. Papa war Professor für Musik und Sprachen. Er wollte unbedingt ein Wunderkind aus mir machen. Aber ich hatte schon damals Schwierigkeiten mit meinem Rücken, wenn ich lange stehen sollte. Deswegen konnte ich wenigstens das Violinespielen aufgeben. Besser ging es mir mit Klavier und Gitarre, aber die Erfüllung meiner Träume war auch das nicht, sondern nur eine Verpflichtung. Anderes war viel interessanter für mich.

Ich hatte ein großes Puppenhaus, dessen Vorderfront man öffnen konnte, so daß zwei Wohnungen zu sehen waren. Zuerst stellte ich die Möbel ganz anders als vorgesehen – das war schon mein Einrichtungstick –, dann packte ich die Puppenfamilie in Kartons und quartierte meine Mini–Teddys in das Haus ein. Ihr Fell war weich, und ihre kleinen Knopfaugen guckten beinahe lebendig. Mein großer Teddy hieß Mela. Ihn hatte ich schon gleich nach meiner Geburt bekommen, er gehörte zu meinem Leben wie später meine Doggen. Mela hatte kaum noch Fell, und das wenige, das er noch hatte, war auch nicht mehr weiß wie früher; trotzdem liebte ich ihn so sehr, daß er in meinem Arm im Kinderbett schlief. Als ihn eines Tages unsere Haushälterin mit Abscheu fortschaffte, brach meine kleine Kinderwelt zusammen. Das war meine erste Begegnung mit der Gewalt gegen wehrlose Geschöpfe.

Mela wurde später von Elsbeth abgelöst. Auch sie war immer bei mir, sogar später, als ich schon meinen kleinen Sohn hatte, der ihr aus einem Taschentuch einen Fallschirm machte und sie von Papas Wohnung im vierten Stock hinunterschweben ließ, bis sie eines Tages – alt und wackelig – von einer Dogge aufgefressen wurde. Elsbeth war etwa vierzig Jahre alt geworden.

Meine Mutter hatte einen kleinen Dackel, Zitta. Ich liebte ihn und fuhr ihn statt der leblosen, dummen Puppen im Puppenwagen spazieren. Im Park sammelte ich bunte Schnecken in einem Karton und setzte sie in unsere Blumentöpfe. Am nächsten Morgen krochen sie überall an der Zimmerdecke, so daß sie schnellstens wieder eingesammelt und ins Freie befördert wurden.

Pia und Zitta

Der Bruder meiner Mutter, in Dänemark sagt man Morbror (Mutters Bruder), hatte ein Gut in Jütland, dort verbrachte ich alle Ferien. Am Bahnhof wurde ich immer vom Kutscher Peter abgeholt, der mich im schönen Landauer mit zwei hübschen braunen Pferden zum Gut fuhr. Ich unternahm – so klein ich war – lange Touren allein über Feld und Wiesen und hatte stets Notizbuch und Bleistift dabei, um alle Eindrücke zu notieren. Die treue Jagdhündin Neppe folgte mir dabei auf Schritt und Tritt.

Auf Morbror Svends und Tante Tulles Gut wurde ein sehr gastfreundliches Leben geführt. Das Haupthaus hatte viele Gästezimmer, die auf beiden Seiten eines großen, langen Korridors lagen und alle eine andere Farbe hatten, so wie ich später die Boxen im Hundehotel bemalte: rot, blau, grün, weiß, rosa oder gelb. Ich hatte immer das blaue Zimmer und glaube, ich liebe seitdem alles, was blau ist. Neppes Babys kamen alle im gelben Zimmer im Doppelbett meiner Großeltern zur Welt, regelmäßig einmal im Jahr, dadurch wurde wohl das Gefühl von einer selbstverständlichen Beziehung zwischen Mensch und Hund in mir geprägt.

Ich war mehr im Stall als im Haus. Und als mich mein Onkel eines Tages im neuen DKW vom Bahnhof abholte, was ja damals fast eine Sensation war, war ich sehr enttäuscht und vermißte die schönen braunen Pferde und den Landauer. Die Kinderbilder zeigen mich immer mit einem Hund und Verbänden um die Knie, weil ich immer stürzte, da ich an vieles dachte, nur nicht an den Weg, auf dem ich lief. Das passiert mir noch heute.

Wenn das Morgenessen im Speisezimmer serviert wurde an einem – mit Kinderaugen gesehen – endlos langen Tisch, wurde erst einmal Peter, ein zahmer Pfau, von Morbror hereingerufen und setzte sich ans andere Tischende Morbror Svend gegenüber. Dieser klatschte in die Hände und sagte: »Rad machen, Peter!« Und Peter schlug sein einmaliges farbiges Rad auf und verharrte ganz still, bis alle Gäste mit dem Essen fertig waren. Dann bekam er seinen Lieblingshappen, sprang vom Tisch herunter und in den Riesenpark hinaus.

Morbror Svend hatte eine große, kräftige Stute namens Mette. Wenn sie mit Ihrer Feldarbeit fertig war, wurde sie mit den anderen Pferden zusammen zur Dorftränke gebracht, um zu saufen und sich abspülen zu lassen. Es war jedesmal eine muntere Versammlung, und irgendwie haben Mette und ich uns wohl ineinander verliebt, denn sie wartete geduldig, bis ich – ohne Sattel – auf ihrem Rücken saß und mich in ihrer Mähne festhielt. Dann trottete sie gemütlich zum Teich und so weit hinein, daß ich meine Beine auch im Wasser hatte, und sie wieherte glücklich dabei. Ja, wir verstanden uns ohne Worte. Dieses ganze Leben mit den Tieren hat mein späteres Dasein sehr geprägt – über vierzig Jahre – und ist wohl auch der Grund für meine Sehnsucht nach einem Leben auf dem Lande, inmitten der Natur, wo die Jahreswechsel und Wind und Wetter jeden Tag neue Eindrücke bringen.

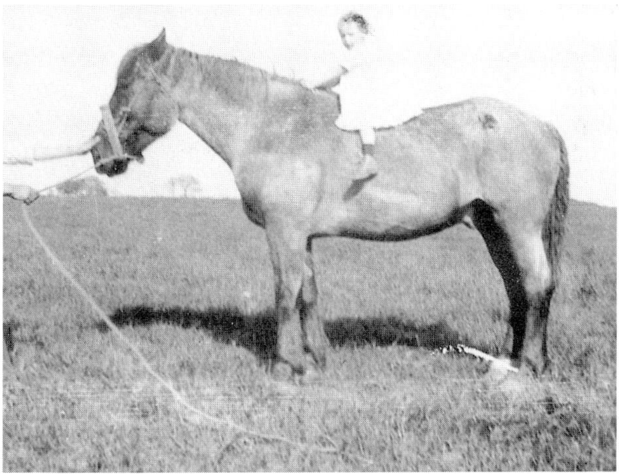

Pia und Mette

Als ich später Schauspielerin geworden war, hatte ich einen Spaniel – Fylla. Sie wurde die Begleiterin meines Sohnes aus erster Ehe in seiner Kinderzeit. Wenn ich später mal auf Tournee war, nahm ich sie mit. Eines Abends, in einer Kleinstadt im Winter, funktionierte die Heizung nicht. Die Schauspieler, das Publikum – alle froren wir entsetzlich, und wir versuchten durch unser Theaterstück, das im glühendheißen Italien spielte, uns und unserem Publikum die Illusion von Wärme einzuflößen. Fylla hatte ich einen weißblauen Kinderpullover übergestülpt und auf einen Stuhl in die Garderobe gesetzt, weil es eiskalt war. Plötzlich kam mein Hund, so eingepackt, mitten auf die Bühne. Das Publikum lachte und tobte, und dadurch kam ein wenig Bewegung und tatsächlich auch Wärme in den kalten Theatersaal. Ich erklärte den Zuschauern, daß mein kleiner Hund krank sei, und beförderte ihn zurück hinter die Kulissen.

Ein anderes Mal lieh ich mir von einer Schauspielkollegin einen Sommerwohnwagen, der an einem See einsam auf einer Wiese stand. Das war meine zweite Begegnung ganz alleine mit der Natur, seitdem ich als Kind bei Morbror Svend meine Ferien verbracht hatte. So ist es auch jetzt in meinem Leben. Ich fuhr mit dem Fahrrad, meinen Spaniel Fylla im Korb an der Lenkstange, zum Wohnwagen. Dort wohnten wir vier Wochen ganz alleine. Nachts kamen die Pferde von der Weide und rieben sich am Wagen, so daß alles schaukelte. Morgens badeten wir im See und fanden unsere Zweisamkeit herrlich.

Als ich eines Tages im Sommer auf der Bühne stand, saß ein Mann im Parkett. Er sah mich an und sagte zu sich, wie er mir später erzählte: »Mit dieser Frau will ich den Rest meines Lebens verbringen.« Er hieß Bodo, war Deutscher und wurde der Mann meines Herzens und meines Lebens. Dänemark war zu der Zeit von den Deutschen besetzt. Das verursachte Chaos, Leid und Tränen. Meine Schauspielerlaufbahn ging kaputt, alle Freunde verschwanden. Meine so sehr geliebte Mutter war ein Jahr zuvor gestorben und erlebte das alles zum Glück nicht mehr. Meine erste Ehe war schon lange gescheitert und somit blieb nur, das Kriegsende ungeduldig abzuwarten. Zu der Zeit hatten wir noch einen kleinen Dackel, Taps, den mein späterer Ehemann von einem versoffenen Obersten gekauft hatte.

Pia und Fylla

Für manche Menschen sind Hunde nur ein Gegenstand. Sie werden gekauft und wieder verkauft oder oft einfach ausgesetzt.

Längst war es uns allen klar, daß das Kriegsende nur eine Frage der Zeit war, aber wir hatten keine Ahnung, wie lange der Krieg noch dauern würde. Auch wußte keiner, wie man zum Schluß über die Grenze kommen sollte. Um sicherzugehen, verfrachteten wir einige Möbel und unsere Hunde, Fylla und Tapsi, nach Flensburg. Für uns fing die Tragödie im Mai 1945 an, als Bodo für zweieinhalb Jahre in Kriegsgefangenschaft mußte und ich erst am Ende dieser Zeit nach Deutschland reisen durfte. Ein Freund meines späteren Mannes, der in Flensburg wohnte, nahm sich unserer Fylla an. Sie war zwar gut untergebracht, da sich aber keiner um sie kümmerte, bekam sie mehrmals Welpen. Im Winter 1947/48 holte Bodo sie über die grüne Grenze nach Berlin. Was aus Taps wurde, erzählt er selbst.

Pia mit Taps und Fylla

Von Dänemark ins zerstörte Nachkriegsdeutschland

Ich bin der legendäre kleine Dackel Taps. Inzwischen sitze ich hier über den Wolken im schönen Himmel mit den großen grünen Wiesen. Das ist hier eine unermeßliche Ewigkeit, in der wir alle Platz haben. Wir vertragen uns sehr gut miteinander, weil wir uns gemeinsam nach unseren Herrchen und Frauchen sehnen, die uns umarmen, wenn sie auch hierherkommen. Aber wenn ich auf alle Dackel, Doggen und anderen Hunde auf der Erde schaue, die krank sind und oft nicht sehr liebevoll behandelt werden, dann sage ich mir immer: Taps, du hast es geschafft, über sechzehn Jahre lang ein oft schweres, jedoch inhaltsreiches Dackelleben zu verbringen. Wer kann das schon von sich sagen! Herrchen ist ja bereits hier. Er hat mich so lieb wie auf der Erde in den Arm genommen, und zusammen durchleben wir in Gedanken noch einmal unser langes Erdendasein.

Ich wurde in Hamburg in einem sehr bekannten Dackelzwinger geboren und zunächst von einem Obersten gekauft – einem Deutschen, der nach Dänemark versetzt wurde und mich dorthin mitnahm, da seine Frau es im Krieg sehr schwer hatte und mich nicht in Deutschland behalten konnte. Ganz schlecht war er nicht, nur hatte er ein großes Handicap: Er soff – und zwar so viel, daß er dem Teufel seine Seele verkauft hätte, um an Schnaps zu kommen. Eines Tages verkaufte er mich an mein geliebtes Herrchen. Herrchen und Frauchen waren damals noch nicht verheiratet. Sie hatten viele Schwierigkeiten, da Dänemark von den Deutschen besetzt war. Mein Frauchen mußte als Dänin einiges durchmachen, um mit Herrchen, der als deutscher Kaufmann in Dänemark arbeitete, zusammenzubleiben. Obwohl sie Freunde und Schauspielengagements verlor, hielten die beiden trotz aller Probleme und bösen Situationen durch.

Frauchen – ich nannte sie »Mutti« – hatte schon ein Hundemädchen mit Namen Fylla, das ihr überallhin folgte. Einmal lief sie sogar bei einer Aufführung vom kalten Garderobenraum – denn im Krieg war nicht immer geheizt –, eingepackt in einen gestreiften Kinderpullover, auf die Bühne, wo die Schauspieler gerade bibbernd vor Kälte einen sehr heißen Tag im schönen Italien darstellen mußten. Die Zuschauer brüllten vor Lachen und verschafften sich dadurch etwas Wärme.

Das geschah, kurz bevor ich in die Familie kam. Bei meinem Eintreffen ließ Mutti aufgrund ihrer Beziehung zu Herrchen – »Vati« – ihren Beruf als Schauspielerin etwas auf Sparflamme kochen. Mein Herrchen mietete im Sommer ein kleines Haus. Wir hielten uns wegen der deutsch-dänischen Situation sehr zurück, aber die Nachbarschaft bemerkte uns doch und schaute uns böse an.

Mutti und Vati taten mir leid, und um sie aufzumuntern, schlich ich mich in einen kleinen Hühnerstall und stibitzte ein dummes Huhn. Es machte »knack«, das Tier war still, und ich legte es vor unsere Haustür. Niemals vorher habe ich die beiden in solch einer Windeseile handeln gesehen. Das Huhn wurde schnell reingenommen, die Fenstervorhänge in der Küche wurden zugezogen. Dann begann ein heftiges Rupfen. Jede Feder, jede Daune, aber auch jedes Knöchelchen wurde in eine doppelte Tüte gesteckt – aber erst, nachdem wir alle mit Genuß von dem Tier gegessen hatten. Die Knochen und die Federn nahm Vati mit nach Kopenhagen und warf sie dort in eine Mülltonne. Er erklärte mir, daß wir mehr als Unannehmlichkeiten bekommen würden, wenn die Sache mit dem Huhn aufflöge – der böse deutsche Dackel und seine deutschen Besitzer! Und dabei hatte ich es doch so gut gemeint.

Vati hatte einen guten Freund in Flensburg, dem ein kleines Sommerhaus am Flensburger Ufer gehörte. Dorthin brachte er Mutti und uns zwei Hunde, da jeder normal denkende Deutsche bereits das Ende des Krieges herannahen sah. Ich muß dazu allerdings sagen, daß niemand, nicht einmal ein politisch veranlagter Mensch, das Ende des Reiches und das daraus folgende jahrelange Chaos vorraussehen konnte. Wir wohnten ungefähr zehn Tage in diesem Haus, Vati besuchte uns übers Wochenende, und plötzlich war das Kriegsende da. Die »Säuberung« betraf alle Deutschen, die in Dänemark gearbeitet hatten, und natürlich mit besonderer Genugtuung die Dänen, die »untreue« Bürger gewesen waren.

Vati kam zweieinhalb Jahre in Gefangenschaft. Es war Spätherbst 1947, als er wieder ins zerstörte Berlin – Herrchen war ja Berliner – zurückkehrte. Mutti wurde fünf Monate in einem Untersuchungslager interniert, bis sich herausstellte, daß sie mit dem deutschen Kriegsverlauf überhaupt nichts zu tun hatte, sondern nur aus Liebe meinem Herrchen durch dick und dünn folgen wollte.

An dem Tag im Mai 1945, als Mutti und Vati nach Dänemark zurückgebracht wurden, blieben wir beide, Fylla und ich, angebunden an einen Baum in der Nähe des kleinen Hauses am Strand zurück. Zuerst wollten die dänischen und englischen Kriegshelden uns erschießen, aber dann sagte einer: »Schade um die zwei Kugeln. Laßt die Viecher doch angebunden am Baum stehen, irgendeiner wird sie schon erledigen.«

Es dauerte zwei Tage, bis Vatis Freund aus Flensburg die Erlaubnis bekam, eine kurze Reise zu seinem Haus zu unternehmen, um nach dem Rechten zu sehen. Er fand uns und nahm Fylla gleich mit nach Flensburg, weil er wußte, daß sie Muttis ein und alles war. Ich lief sofort in ein nahes Wäldchen, versteckte mich dort und wartete auf Vati. Nach einigen Tagen schlich ich mich zum Haus zurück. Dort waren inzwischen arme Flüchtlinge einquartiert worden. Einmal wollte ein Kind mit mir spielen, aber ich wich aus. Die Erwachsenen sagten: »Dann laß ihn doch, es geht ihm sicherlich auch nur ums Überleben. Wir haben zwar selber nichts, aber wenn er sich im Kohlen- und Kartoffelkeller verkriechen will – bitte. Dort ist ein kleines Katzenloch, durch das kann er rein und raus.«

Eigentlich bin ich sonst nicht bange oder wehleidig, und schon gar nicht ängstlich, aber der feuchte und dunkle Keller war mir doch unheimlich. Außerdem wohnte da schon eine Ratte, die ich Jonas nannte. Anfangs kämpften wir miteinander, bis wir vor Schwäche umfielen und danach fast gute Freunde wurden. Mäuse gab es auch, mehr als genug. Manchmal habe ich sie gefressen, wenn mein Magen zu sehr knurrte.

Ich schäme mich nicht zu sagen, daß ich mich oft lange in den Schlaf geweint habe und mich so sehr nach Mutti und dem sauberen Bett sehnte und nach ihren süßen Küßchen auf meine Nase. Vati hatte immer so eine bestimmte Art, mich hinter dem Ohr zu kraulen und zu sagen: »Tapsi, wir sind doch Männer und müssen durchhalten und tapfer sein, bis alles wieder friedlich und ruhig wird.« Und ich habe ihn beim Wort genommen und zweieinhalb Jahre – von Mai 1945 bis Dezember 1947 – ausgehalten, bis er mich wiederfand und nach Berlin holte.

Die Leute, die in dem kleinen Haus wohnten, besaßen kaum Kohlen oder Kartoffeln, deshalb hatten Jonas und ich nicht viel, was uns wärmen konnte. Aber wir schleppten ab und zu einen Fetzen Papier, manchmal ein paar Zweige oder irgend etwas anderes aus dem Wald heran und bauten uns ein »Nest« davon. Im Sommer gab es Muscheln am Strand, ab und zu einen toten Fisch oder eine verendete Maus. Manchmal haben wir ein paar Mohrrüben oder einen Kohlkopf von den Feldern gestohlen; doch meistens haben wir gehungert. Ich zerbrach meine starken Zähne, und die roten, langen Haare wurden dünn, die Augen schlecht. Wenn ich zurückdenke, begreife ich nicht, daß ich diese Zeit überhaupt durchstehen konnte.

Der Winter 1947 war sehr kalt; ich kam vom Wald zurück – und hörte eine über alles geliebte Stimme. Es war Vati, er sprach mit einem Flüchtling, der ihm sagte: »Habe den Dakkel lange nicht gesehen, vielleicht lebt er nicht mehr.« Aber da lag ich schon zwischen Vatis Füßen. Er bückte sich, nahm mich in seine Arme und weinte. Dabei sagte er immer wieder: »Guter, guter alter Kerl!« Ich piepste wie eine Maus, denn nach allem, was ich erlebt hatte, waren meine Zähne ausgefallen, und schließlich war ich auch schon neun Jahre alt. Dreckig, wie ich war, steckte Vati mich unter seine Jacke und trug mich so über die grüne Grenze. Zu Fuß oder mit dem Zug bewältigten wir den Weg, bis wir Berlin erreichten. Unterwegs organisierte Herrchen sogar ein paar Würstchen – die ersten, die ich aß, seit zweieinhalb Jahren! Woran ich mich noch erinnere, das war das Wiedersehen mit Mutti, die kurz vorher aus Dänemark gekommen war, an das Badewasser und an den herrlichen Schlaf im sauberen Bett zwischen Vati und Mutti.

Vati hatte zuerst Fylla geholt, die es in Flensburg wohl besser als ich gehabt hatte. Auch sie blieb bei den fremden Menschen und wartete auf Mutti. Die Leute, bei denen sie lebte, waren nicht schlecht zu ihr; sie hatten nur viel zuwenig Zeit. Fylla lief oft alleine herum und bekam in den zweieinhalb Jahren dreimal Nachwuchs: alles Bastarde – im Gegensatz zu unseren Kleinen! Denn vor lauter Wiedersehensfreude liebte ich meine wiedergewonnene Freundin später unter dem Schreibtisch. Mutti hatte zwar versucht, uns mit einer kalten Dusche in der Badewanne zu trennen, aber es nützte nichts: es kamen sechs pechschwarze, kleine »Dackel–Spaniels« zur Welt. Sie wurden alle gut untergebracht, und wenn die Leute damals fragten, was denn die Kleinen für eine Rasse seien, sagte Mutti jedesmal: »Das sind kleine dänische Spaniels, die gibt es da oben.«

Als Vati Fylla brachte und die Tür öffnete, saß Mutti in dem großen Berliner Durchgangszimmer auf dem Sofa und wartete bereits. Fylla stand wie versteinert auf der Schwelle, schaute Mutti nur an, legte sich dann auf den Bauch und kroch so durch das ganze Zimmer zu ihr hin. Als sie sie erreichte, vergrub sie ihren Kopf zwischen ihren Füßen, still und lautlos. Und beide weinten sie ihren Kummer und ihre Sehnsucht endlich aus.

Nun waren wir wieder vereint, wir vier. Wir hatten zwar nur ein kleines, kahles Zimmer bei Freunden von Vati, bekamen aber bald noch ein Zimmer hinzu. Weihnachten 1947 feierten wir mit Büchsenfleisch und hatten viel Freude daran, und am 17. Januar 1948 gab es noch eine riesige Feier: Vatis und Muttis Hochzeit, wir kauften Wein und Gulasch aus Dänemark und Wassereis auf Zuckermarken. Getraut wurden Herrchen und Frauchen am selbstgebauten »Altar« zu Hause, welcher sonst ein Plattenspieler– und Radioschrank war. Auf dem Altar lag Muttis wundervolle gestickte Taufdecke; darauf standen zwei bronzene Kerzenhalter, und in der Mitte hinter dem Kreuz, das der Pfarrer mitgebracht hatte, befand sich eine große Vase mit Flieder, den Vati besorgt hatte. Vati und Mutti hatten damals viele Freunde, die in den Ruinen hausten. Oft war es gefährlich, abends im Dunkeln nach einer Feier nach Hause zu gehen, aber Fylla und ich brachten sie immer heil zurück.

Später zogen wir mit Freunden zusammen in ein kleines Landhaus außerhalb der zerstörten Innenstadt. Fylla wurde krank, mußte operiert werden, starb – zwölf Jahre alt. Mutti war sehr unglücklich; soviel hatten die beiden miteinander erlebt in Dänemark: Fahrradtouren; Theatertourneen; Alleinsein in der Natur; die Kindheit Hans–Henriks, des Sohnes aus Muttis erster Ehe; die schreckliche Zeit in den Kriegsjahren; der Umzug nach Flensburg; die Trennung dort 1945; der dreimalige Welpenwurf, ohne daß sich jemand um die Hündin gekümmert hat; das Wiedersehen in Berlin – so viele, viele Ereignisse.

Jetzt war ich allein mit Mutti und Vati, die bald darauf in eine eigene Wohnung zogen. Es war die untere Etage eines Zweifamilienhauses. Vati versuchte, ein »Nachkriegsgeschäft« mit Bausteinen zu eröffnen, aber das scheiterte an der Blockade, eine Zeit, in der Berlin Schweres durchmachte und vieles fehlte, so auch das Material, das für den Aufbau des Geschäftes nötig gewesen wäre: Zement. Wenn Vati mich ins Geschäft mitnahm, ging ich auf die Straße und legte mich ruhig in die Sonne, während alle alten »Klapperkisten« um mich herumfuhren. Das wäre heute auf den Berliner Straßen nicht mehr möglich. In unserer ersten eigenen Wohnung geschah ein großes Wunder. Mutti und Vati erwarben eine blaue deutsche Dogge – Aida. Sie war für mich so groß wie ein Pferd, aber sie war schön und so lieb, daß wir uns bald sehr gut verstanden. Wir schliefen oft Rücken an Rücken, im Haus oder draußen.

Nach einem halben Jahr zogen wir abermals um – in ein kleines Haus mit einem großen Garten. Ich war inzwischen vierzehn Jahre alt, sah immer schlechter und war etwas steifbeinig geworden. Mutti und Vati hatten ihr Schlafzimmer in der oberen Etage. Abends gegen neun Uhr setzte ich mich auf die unterste Treppenstufe und heulte so lange, bis mich jemand ins Schlafzimmer trug. Aber wenn Aida läufig wurde, dann spürte ich ungeahnte Kräfte in mir aufsteigen, kam ohne Probleme die Treppen rauf und runter, und wenn man mir mit einem Koffer den Eingang versperren wollte, sprang ich drüberweg wie in meinen jungen Jahren. Also mußte man sehr auf mich aufpassen.

Meine angebetete Aida bekam sechs wundervolle Babys von einem stattlichen Doggenrüden, der sogar schon einmal Berliner Sieger gewesen war. Alle Welpen wurden gut untergebracht. Einen behielten wir – Bambino. Im März 1954 wurden sie geboren, und schon im Mai waren sie groß und frech. Mutti stellte meinen Hundekorb immer in die Sonne, aber die sechs frechen Hundebabys legten sich kreuz und quer in meinen Korb, sie jagten mich rückwärts im Garten umher und noch vieles mehr. In der letzten Zeit, als ich alt war, fand ich das nicht mehr so schön. Eines Tages bekam ich Krämpfe und so schwere Kreislaufstörungen, daß Mutti und Vati den Arzt bitten mußten, mir in den Hundehimmel zu helfen. Ich war über sechzehn Jahre alt und hatte ein langes, langes Leben gehabt, und nun war es genug. Mein Kreis war geschlossen.

Mutti und Vati haben sehr geweint, und Mutti versprach, daß ich nie wieder alleingelassen würde. Sie hat es auch gehalten, indem sie mich später exhumieren ließ und mir an dem großen schönen Haus, in dem sie fast zwanzig Jahre mit Vati lebte, ein ruhiges Fleckchen gab, an dem ich nie, nie mehr gestört wurde. Von dort hat meine kleine Seele sich aus meinem Körper gelöst, und ich bin nun hier im wunderbaren Paradies. Ab und zu sehe ich Fylla, Aida, auch Vati; wir sind alle eins – ein Zustand, der für mich vollkommen sein wird an dem Tage, an dem Mutti erscheint!

Taps,
du kleiner
tapferer Held!

Nachruf auf Taps

Wie soll ich Dir gebührend ein Denkmal setzen, Du tapferer kleiner Held?

In meinem jetzt so langen Leben ist mir viel Elend, sind mir aber auch viele tapfere Lebewesen begegnet. Nicht nur die Soldaten oder die Gefangenen zeigten Mut. In den zerstörten Städten waren die Menschen oft wahre Helden und hausten lange Zeit in Löchern, die wohl Deinem Rattenloch gleichkamen, aber sie waren nicht freiwillig dort und meistens auch nicht allein und hatten dadurch die Möglichkeit, sich zu verständigen, sich gegenseitig zu trösten, zu helfen und Mut zu machen, und sie konnten dadurch die Hoffnung auf ein besseres Leben bewahren. Aber was Du durchgemacht hast, das ist einfach nicht mit Worten der Bewunderung zu beschreiben! Zweieinhalb Jahre, die etwa achtzehn eines Menschenlebens entsprechen, hast du freiwillig in einem Rattenloch gehaust, allein und verlassen, und nie die Hoffnung aufgegeben, daß Du Deine Menschenfamilie, die Dich so liebte, einmal wiedersehen würdest.

In Dänemark wurde von 1663 bis 1685 eine Königstochter in dem Keller eines Turmes gefangengehalten, weil ihr Gatte Landesverrat begangen haben sollte und sie dennoch zu ihm hielt. Sie lebte die zweiundzwanzig Jahre unter schrecklichen Umständen, eingesperrt zwischen Schmutz, Ratten und Mäusen. Sie schrieb dort unter anderem: »Nichts ist zu schwer für wahre Liebe. Treue ist eine Tugend, deren man sich nie schämen muß.« Diejenigen, die daran glauben, daß wir alle wiedergeboren werden in einem nie endenden Kreislauf, würden behaupten, Du hättest von ihrer Seele etwas geschenkt bekommen. Und ich habe, solange ich lebte, nie einen größeren Helden als Dich getroffen. Ich neige meinen Kopf in Ehrfurcht vor Deiner unerschütterlichen Treue und Liebe!

In ewiger Erinnerung,

Deine »Mutti« Pia Bracony Schilling

Der Aufbau des Hundehotels

Wie schon an anderer Stelle erwähnt und vom kleinen Dakkel Taps genau beschrieben, war das Wiedersehensglück besonders ergreifend: das Bild von Fylla, die lautlos über den Fußboden des großen Zimmers kroch, um zweieinhalb Jahre Entbehrung und unendliche Sehnsucht auszudrücken, und der geliebte, tapfere kleine Tapsi, der zweieinhalb Jahre in einem Rattenloch verbrachte in der Hoffnung, ein Wiedersehen mit uns zu erleben. Ob die Menschen wohl jemals begreifen können, wie unendlich lang zweieinhalb Jahre Alleinsein für einen kleinen Dackel sein können, der ums Überleben kämpft?

Diese Bilder und Gedanken verschwanden nie, nie mehr aus meinen Erinnerungen. Noch heute – mehr als vierzig Jahre später – sind sie unauslöschbar in meine Seele eingebrannt, und sie waren ausschlaggebend für die spätere Eröffnung meines Hundehotels, das den Vierbeinern einen Ersatz für ihr Zuhause geben und den Besitzern helfen sollte, wenn sie sich – aus welchen Gründen auch immer – eine Zeitlang von ihren Lieblingen trennen mußten.

Jedenfalls waren wir alle vier jetzt wieder zusammen. Fyllas und Tapsis süße Babys wurden in gute Hände gegeben. Zwei von ihnen kamen nach Wannsee zu Freunden, wo sie und auch Fylla später begraben wurden. Was mit dem Tod unseres kleinen, süßen Gespanns fortging, das wir schon aus Dänemark mitgebracht hatten, ist nicht zu beschreiben.

Es waren bittere Zeiten im Krieg und schwere Jahre danach. Aber wir hielten aus und nahmen alle nur erdenklichen Entbehrungen auf uns in der Hoffnung, uns einmal wiederzusehen. Alle vier erlitten wir Einsamkeit und Stunden der Verzweiflung, aber wir waren trotz aller Schwierigkeiten der Trennung füreinander da und bis zuletzt zusammen.

Als mein Mann und ich an meinem Geburtstag im Oktober 1953 mit einem befreundeten Ehepaar im Auto nach Bremen fuhren, hatten wir in einer Kurve einen Unfall. Der Anhänger eines Lastwagens, der uns entgegenkam, war schlecht austariert und konnte daher die Spur nicht halten. An dem Zusammenstoß waren wir völlig unschuldig. Wir lagen alle zweieinhalb Monate in einem Krankenhaus in Bremerhaven. Mich hatte es am wenigsten getroffen mit meinen Rippenbrüchen, sieben Verletzungen im Gesicht und einer Gehirnerschütterung. Am schlimmsten war es um meinen Mann bestellt. Er hatte einen doppelten Schädelbasisbruch und einige andere Brüche. Fast zwei Monate war er ohne Bewußsein. Als er es endlich wiedererlangt hatte, stand es weiterhin schlecht um ihn. Er hatte überhaupt keinen Orientierungssinn mehr – weder zeitlich noch örtlich –, so daß die Ärzte uns in ein Doppelzimmer verlegten in der Hoffnung, daß sich unter meinem Einfluß Bodos Bewußtsein wieder normalisieren würde. Jedoch blieb sein Zustand unverändert bis kurz vor unserem Rückflug nach Berlin, wo er in eine Rehabilitationsklinik eingewiesen werden sollte. Alles war bis ins kleinste Detail vorbereitet. Von den Ärzten hatte ich erfahren, daß mein Mann nie mehr seiner Arbeit nachgehen können und zeitlebens auf meine finanzielle Unterstützung angewiesen sein würde.

In Tempelhof wurden wir von ein paar Freunden am Flughafen abgeholt, und plötzlich sagte mein Mann, er wolle nicht in eine Klinik, sondern nach Hause. Zu unserem Erstaunen sprach er dabei vollkommen ruhig und normal. Also fuhren wir in unser Haus zu dem guten, alten Dackel

Tapsi und der Dogge Aida, die wir ein Jahr zuvor unter großen Entbehrungen gekauft hatten.

Auto sollte mein Mann auf Anraten der Ärzte vorläufig nicht fahren. Diese Ruhepause dauerte bei ihm genau zwei Tage, dann holte er den Wagen aus der Garage und fuhr in seine Firma, wo er die Angestellten ziemlich durcheinanderbrachte. Verzweifelt riefen sie mich an und versuchten mich dazu zu bewegen, meinen Mann noch einige Zeit zu Hause zu behalten. Aber sie kannten Bodo schlecht, denn wenn der sich etwas in den Kopf gesetzt hatte, waren alle guten Worte umsonst. Es ging ihm ja auch jeden Tag besser, und er lebte noch sechzehn Jahre lang. Aufgrund der Durchblutungsstörungen, die von dem Unfall herrührten, verschlechterte sich der Zustand seines Herzens jedoch zusehends – und eines Abends im Jahre 1969 starb er, genau an dem Tag, an dem wir 1953 unseren Autounfall gehabt hatten: an meinem Geburtstag.

Wenn ich an die damalige Zeit zurückdenke: Wie hätte ich uns über Wasser halten sollen? Darüber hatte ich schon im Krankenhaus nachgegrübelt und dann auch die erste Zeit in Berlin. Es gab verschiedene Schwierigkeiten. Erstens war ich als Dänin mit der deutschen Sprache nicht sonderlich gut vertraut, denn es gehört eine Menge dazu, in einer neuen Heimat eine andere Sprache so zu lernen, als wäre sie die Muttersprache. Zweitens hätte ich sicher nach fast zehn Jahren Pause Probleme gehabt, meinen Schauspielberuf wieder aufzunehmen, zumal ausländische Schauspielerinnen in Deutschland damals noch eine Rarität waren.

Am allermeisten hatte ich während meines Krankenhausaufenthaltes unter der Trennung von meinen Hunden gelitten: dem guten, alten Tapsi und – nicht zu vergessen – meiner Dogge Aida, die doch tatsächlich, so dumm das auch ist, von einigen Leuten als gefährlich angesehen wurde. Ich aber liebte sie heiß und innig und konnte so etwas nie verstehen. Ich bat eine gute Freundin, zu Hause doch hin und wieder nach dem Rechten zu sehen, denn auf unsere ältere und ängstliche Haushälterin wollte ich mich nicht verlassen. Nachher zeigte sich, daß diese besagte Freundin nicht ein einziges Mal bei uns gewesen war – aus Angst vor Aida, unserer Zuckerpuppe, die niemals auch nur einer Fliege etwas antun konnte.

Langsam erinnerte ich mich wieder an eine Idee, die ich früher einmal gehabt hatte, nämlich ein Pflegeheim für Hunde aufzubauen. Aber wo? Wie? Mit welchen Mitteln? Ob wir einen Schadensersatz für den damaligen unverschuldeten Unfall bekommen würden, war noch lange nicht geklärt. Unser kleines Haus war nur gemietet und für ein solches Unternehmen auch nicht geeignet. Es verging über ein Jahr, bis wir unsere Ansprüche durchsetzen konnten. Die Summe reichte allerdings nur für die Anzahlung eines schönen passenden Hauses, das wir 1955 endlich fanden. Dreizehn Jahre bezahlten wir eine Amortisationshypothek, und ungefähr ein halbes Jahr vor dem Tod meines Mannes konnten wir das Haus froh und glücklich als unser Eigentum betrachten. Mein Mann war so stolz an dem Tag, an dem er mir die Papiere überreichte mit den Worten: »Jetzt ist es geschafft. Es ist ganz und gar dein Haus.«

Es war ein wunderschönes, großes Gebäude, das von einem bekannten Bildhauer und Kirchenmaler errichtet worden war. Das Atelier von etwa neunzig Quadratmetern ließ ich später ohne Architekten, nur mit Hilfe zweier Maurer, zur Wohnhalle umgestalten, so wie ich es früher mit meinem Puppenhaus gemacht hatte, nur mit dem Unterschied, daß die Halle danach von einer Schönheit war, die allen fast den Atem raubte.

Die riesengroße Wohnhalle mußte natürlich einen sehr großen, offenen Kamin haben. Aber wie sollten wir das schaffen? Berlin hinkte damals wegen des Blockadejahres noch weit hinter Westdeutschland her. Und wer die üblichen grauen Zementbausteine nicht schön genug fand, mußte sich selber etwas einfallen lassen. Das tat ich natürlich!

Den Kamin hatte ich schon gezeichnet, er sollte über die ganze Breite – fast fünf Meter – schöne gelbe und rote Steine bekommen. Also gingen mein Mann und einer seiner Angestellten auf die Jagd in die Ruinen, wovon leider noch allzu viele existierten. Sie fanden die Steine und fuhren sie zu uns. Es war eine ungeheuer große Menge, die sie im Hof vor unsere hohen Fenster stapelten. Ich saß auf einem Hocker, ausgerüstet mit dicken Handschuhen und allerhand Keilen, Sägen und Eisenbürsten und verlieh den zementbeklebten Steinen wieder ihr ursprünglich rotes und gelbes Aussehen. Am schwierigsten war das Säubern. Dazu hatte ich Gummihandschuhe und Stiefel an, eine Binde um Nase und Mund, einen Eimer mit Salzsäurelösung und eine Drahtbürste. Es dauerte Wochen, bis die Farben klar waren. Gottlob war es Sommer, so daß diese Arbeit im Freien gemacht werden konnte. Unser Ofensetzer, der schon mehrmals bei uns Kamine gebaut hatte, stellte nun eine Sonnenliege in der Halle auf und konnte auf diese Weise Tag und Nacht mit jedem einzelnen Stein sprechen. Er stotterte ein wenig, und oft amüsierten wir uns oben im Schlafzimmer, wenn wir hören konnten, wie er auf der Bettkante saß, seinen Steinen gut zuredete und sie anwies, in welcher Farbfolge und welchem Muster sie erscheinen sollten. Wir lebten alle in einem Kaminrausch!

Da so ein langer, dicker Holzbalken, wie wir ihn quer oben auf dem Kamin brauchten, zu der Zeit auch nicht in Berlin zu bekommen war, zauberte mein Mann ihn aus Bayern herbei. Das fertige Werk, das sogar in der Presse erwähnt wurde, feierten wir ausgiebig. Taps, der in dem früheren kleinen Haus gestorben war und dort begraben lag, wurde exhumiert und erhielt im Garten unseres neuen Hauses sein Bett für die Ewigkeit. Ein so treues Tier hätten wir nirgendwo alleinlassen können.

Wenn ich an all die Nachkriegsjahre denke, steht mein Mann wie ein leuchtender Stern vor meinen Augen. Er schaffte es, größtenteils zu Fuß – Busse und Bahnen gab es kaum –, unsere beiden geliebten Hunde von Flensburg nach Berlin zu bringen. Er erfüllte mir einen großen Traum, als er mich dabei unterstützte, Aida zu kaufen. Es gelang ihm, daß wir unser Traumhaus erwerben und zu einem der schönsten Gebäude der Berliner Nachkriegszeit ausbauen konnten, ohne viel Geld zu besitzen. Und er half mir bei der Verwirklichung meines damaligen Planes: Mein Berliner Hundehotel.

Ich habe in meiner Verzweiflung Jahre gebraucht, um über den Tag hinwegzukommen, an dem seine Hand stillhielt und mir die ganze Verantwortung übertragen wurde, um klarzusehen und Taps rechtzugeben, der vom Himmel aus über seine Erdenerlebnisse berichtete: »Nun war es genug!« Ein Mensch, der den größten Teil seines Lebens damit verbrachte, das wahr zu machen, was er sagte, als er mich das erste Mal sah, und der an allen guten und bösen Tagen davon besessen war, meine Wünsche und Träume zu erfüllen – der muß einfach eines Tages seine Ruhe bekommen. Und nun hüten sie mich alle von einer unsichtbaren Welt aus: mein Bodo, Fylla, Taps und alle Doggen. Und weil Taps sagte: »Wir sind hier alle eins«, bin ich überzeugt, eines Tages in Liebe aufgenommen zu werden.

Die obere Etage unseres Hauses vermieteten wir, um Heizkosten zu sparen. Zuerst wohnte dort ein befreundetes Ehepaar mit seinem kleinen Dackelmädchen Mücke, das sich sehr mit dem späteren Hotelgast Schniffke befreundete. Oft haute sie von oben aus der Wohnung ab, um unten im Hotelzimmer bei Schniffke zu schlafen, während wir uns halb tot nach ihr suchten.

Die Pläne für die kleinen und großen Boxen im Souterrain wurden ganz genau befolgt. Mein Mann, der einen sechsten Sinn für den Kontakt zu Menschen besaß, hatte in seiner Firma ausgezeichnete Mitarbeiter: zwei Frauen als Schreibkraft, vier Vertreter und zwei Chauffeure. Es waren junge und ältere Leute, die in und vor dem Krieg ganz andere Berufe gelernt hatten und die danach genau wie wir umsatteln mußten. Einer hatte früher als Jugendlicher mauern gelernt, einer war Tischler, einer Maler gewesen, und einer hatte eigentlich Schmied werden wollen. An einem Sonntag kamen sie alle zu uns, wir setzten uns an den großen Gartentisch, und ich erklärte ihnen meine Pläne. Dann ging es bald los.

Zunächst wurden sämtliche Depotkästen für die Farben des früheren Besitzers – er war Kunstmaler – sowie alte Bilderrahmen und alles Gerümpel weggeräumt. Gegenüber der Firma meines Mannes war eine Schmiedewerkstatt, in der die Stangen für die Türen und die Gitterzwischenwände nach Maß gefertigt wurden. Der ehemalige Maurer hatte alle Fußböden mit einer Isolier- und Betonschicht versehen, sie ein wenig abgeschrägt und vorn mit einer Ablaufrinne ausgestattet, um die Feuchtigkeit ablaufen zu lassen, so daß keine Fußbodenkälte mehr zu spüren war. Dann wurden die Eisenstangen für die Boxen in Fußboden und Decke eingelassen und die Türen und Zwischenwände mit starkem Draht bezogen. Auch wurden die früher kleinen Fen-

ster durch größere ersetzt und die kleinen Lichtschächte davor vergrößert, damit möglichst viel Licht und Sonne hereinfallen konnte. Die Wände und Decken wurden sonnengelb gestrichen.
Der ehemalige Tischler zimmerte für jede Box unterschiedlich große Holzbetten, zwei davon sogar mit einem kleinen Dach darüber, so daß sich besonders empfindliche Tiere in halboffene Hütten heimisch hineinkuscheln konnten. Zum Schluß wurde gestrichen: rot, blau, dunkelgrün, braun, weiß, gelb, rosa und hellblau. Über jedem Bett befand sich ein Ablageregal für Kamm, Bürste oder Keksdosen und eine schwarze Tafel für Name, Alter, Ankunfts- und Abholedatum des Gastes. Und jede Box hatte an der Wand einen schönen kleinen Spruch, zum Beispiel diesen: Vergiß nie: alles, was du mit der Hand machst, muß ich mit meinem Maul machen. Deshalb brauchst du nie Angst vor meinen Zähnen zu haben.

Ein Raum bekam zwei große Betten – eins rosa und eins hellblau gestrichen – sowie eine gekachelte Badewanne in den gleichen Fraben. Der Fußboden wurde mit hellblauer Zementlackfarbe versehen. Das war das Doppelzimmer. Ein anderer Raum hatte drei große Boxen. In unseren Heizungsraum – die Heizung wurde auf Öl umgestellt – wurden Luftschächte und ein großes Fenster eingebaut und zwei kleine weißgelbe Boxen aufgestellt für den Fall, daß ein Hund krank werden würde und von den anderen isoliert werden müßte. In diesem Raum war es natürlich besonders warm und ruhig. Einige zusätzliche Betten wurden gezimmert, die in eine Box mit hineingestellt werden konnten, wenn Besitzer mit zwei oder mehreren Hunden kamen, die zusammem untergebracht werden sollten.
Bei einem Autopolsterer und Sattler ließ ich aus abwaschbarem, starkem Kunstleder kleine Matratzen in Farben anfertigen, die zum jeweiligen Bett paßten, und darauf legte

ich karierte oder geblümte Wolldecken. In jeder Box hingen unter dem Ablageregal, das natürlich auch auf den betreffenden Raum farblich abgestimmt war, ein kleines Gästehandtuch und ein Seifenlappen, so daß man, wenn der Gast gefressen hatte, ihm das Fett vom Maul abwischen konnte.

Manche hatten es tatsächlich besser als zu Hause, denn bei mir war buchstäblich alles für den Hund eingerichtet. Unsere eigenen Doggen hielten wir oben in den Privaträumen, das gesamte Untergeschoß war den Gästen vorbehalten. Ich weiß, daß sicher auch andere Pensionen mehr für Hunde tun könnten, aber die meisten Menschen denken in erster Linie an ihren Lebensunterhalt und dann erst an das Wohl der Tiere. Wenn man ein Hundehotel allerdings so wie ich betreiben will, muß man schon eine ganz besondere Beziehung zu Hunden haben. Es muß ein Hobby sein; leben kann man davon nicht, sondern bestenfalls ein Zusatzeinkommen verdienen.
In den zwanzig Jahren in Zehlendorf und später in Rudow wurde mein Hundehotel mehr als einmal von der Presse gelobt. Es wurde im Kino als Vorfilm zur Sendung »Blick in die Welt« gezeigt, im Rundfunk bekanntgemacht, und oft hat das Fernsehen bei mir Aufnahmen gemacht. Jedesmal bekam ich zu wissen: »Frau Schilling, gottlob, daß es Sie gibt, hier kann man alles fotografieren und zeigen.« Ich war so dankbar dafür, denn angesichts der aufopfernden Arbeit von sechs Uhr morgens bis zehn Uhr abends waren solche Worte wie ein Geschenk für mich. Und ich muß und will es noch einmal erwähnen: ich hatte einen besonders großzügigen und herzensguten Mann, denn ohne seine Hilfe und sein Einverständnis wäre alles nicht so schön geworden.

Als Bodo 1969 starb, zerbrach ich innerlich fast daran, doch ich versuchte allein weiterzumachen, gab aber 1974 auf und ging für zwei Jahre nach Holland, wo ich mit »Freunden«

zusammenarbeiten wollte. Leider zeigte es sich, daß diese Leute keine guten Freunde waren. Ich ging zurück nach Berlin, in die Stadt, die meine Heimat geworden war, und baute in Rudow erneut ein kleines Hundehotel auf. Acht Jahre hatte ich wieder großen Erfolg, wie damals in Zehlendorf. Als meine letzte Dogge starb, ich selber inzwischen nicht mehr jung war, zog ich mich ins Wendland zurück. Auch hier habe ich ein Hundehotel, das ich aber sehr verkleinerte und nur noch als Bestätigung für mich betreibe, weil es mir das Gefühl gibt, daß ich noch da bin für einige Tiere, die mich brauchen. Menschen, die in besonderer Weise an ihren Hunden hängen, bringen mir ihre Lieblinge. Zweimal im Jahr kommt sogar ein Dackel aus Berlin. Aber nun wieder zurück ins Jahr 1956.

Unser Haus war eingerichtet, der hintere Garten war abgezäunt für einen kleinen Auslauf mit einem Schwimmbekken darin. Ich ging sehr oft durch die leeren Räume und träumte davon, wie der Betrieb wohl anlaufen würde. Mein Mann setzte Ankündigungen in große Zeitungen überall in ganz Deutschland, und zur Eröffnung waren außer Berliner Zeitungsredakteuren auch einige aus Westdeutschland angereist, einer kam sogar aus Dänemark. Am Eröffnungstag war herrliches Sommerwetter. Ein amerikanischer Freund hatte einen Gartengrill aufgebaut, den er von zehn bis achtzehn Uhr betreute. Bier, Sekt, Kuchen und Kaffee gab es ebenfalls, es war ein Empfang wie bei Hofe. Unten in der Pension saßen die Hunde unserer Freunde und Bekannten, denn bevor das Hotel offiziell eröffnet wurde, waren keine fremden Gäste dort. Die Besitzer holten ihre Tiere nach achtzehn Uhr ab, und wir feierten bis in die Nacht hinein. Unser amerikanischer Freund, den wir kannten, weil er auch Doggen hatte, half uns mit noch mehr Brot und Würstchen aus. Solch einen Ansturm hatten wir nicht erwartet. In den nächsten Tagen wurde über das erste deutsche Hundehotel überall berichtet, auch in der dänischen Presse, und die Boxen füllten sich, ebenso die Vorbestellungslisten für den Sommer.

Im Laufe der Zeit mußten wir viele Verbesserungen vornehmen. Der Auslauf wurde zu klein, daher versetzten wir den Zaun und verzichteten auf unseren großen Vorgarten. Daß der Zaun jetzt an der langen Auffahrt entlangführte, erwies sich als vorteilhaft, da vorher die fremden Hunde einige Male aus dem kleinen Auslauf herausgerannt waren, wenn jemand kam oder ging. Und das war natürlich ganz schrecklich. In diesem Zusammenhang muß ich erwähnen, daß die Zusammenarbeit mit unserem kleinen Polizeirevier am Teltower Damm sehr gut funktionierte. Oft fuhren die Beamten mit ihrem Wagen hinter einem Ausgebüchsten her – und niemals vergebens. Aber auch das hörte später auf.

Überhaupt war damals, Anfang bis Mitte der 50er Jahre, auf unserer kleinen »Insel« alles so, als wären wir fast eine Familie. Die Stimmung, das Gefühl der Zusammengehörigkeit, kann man einfach nicht mit Worten beschreiben, und sie sind vielleicht nur von denjenigen ganz zu verstehen, die diese Zeit miterlebt haben: die ersten Straßenbahnen, das Blockadejahr, den Abriß der Kriegsruinen, den allmählichen Wiederaufbau nach der Blockade und den Kampf um die Zugehörigkeit zu Westdeutschland. Die doppelte Belastung West–Berlins im Gegensatz zum übrigen Teil des Landes, wo die Entwicklung viel schneller voranschritt, läßt sich schwer beschreiben, ja, so etwas mußte einfach erlebt werden, damit man es nie vergißt.

Es sind sicherlich mehr als tausend Hunde, die bei mir ein– und ausgingen, und es geht bestimmt nicht nur mir so: bei einer derart großen Masse verliert man die Übersicht. Und genau wie bei den Menschen gibt es auch unter den Hunden nur einige »Persönlichkeiten«, so daß ich natürlich bei meiner Beschreibung eine Auswahl treffen muß, um nicht in einer Geschichte ohne Ende zu versinken. Das ist schwer, denn oft erscheint beim Schreiben noch der eine oder andere Gast vor meinem inneren Auge ganz besonders lebendig, und ich muß mich zwingen, ihn weiterschlafen zu lassen. Sie leben alle nicht mehr, aber für mich sind sie immer noch da, wenn ich über sie schreibe, als ob die Zeit überhaupt nicht existiert und alles in eine undefinierbare Luftschicht eingehüllt ist. Was ist überhaupt das Leben, und was ist der Tod? Es ist doch alles ein ewiger Kreislauf, etwas Unaufhaltbares, was wir Menschen nie begreifen und schon gar nicht ändern werden.

Am Anfang, als mein Hundehotel eröffnet war, hielt ich es oft für übertrieben, wenn sich die Besitzer mit Tränen von ihren Hunden verabschiedeten. Aber je länger ich meinen kleinen vierbeinigen »Kindergarten« führte, desto mehr verstand ich die Leute – hatte ich doch selber Doggen, die ich über alles liebte und von denen ich mich in den vierzig Jahren nie, auch nicht für einen Urlaub, trennte. Die Trennung vollzog sich für mich nur beim Tod einer Dogge, über den ich jedesmal sehr schwer hinwegkam. Wenn die glücklichen kleinen Gäste mehrmals zu mir gebracht wurden, führten sie sich sehr oft auf wie Kinder im Landurlaub. Sie flogen buchstäblich in ihre Boxen hinein und suchten nach dem Futternapf vom vorherigen Jahr. Sie spielten, schliefen, fraßen und waren einfach glücklich.

Es sind nicht immer nur arme Leute, die ihre Hunde nicht pflegen können, weil sie keinen Platz oder kein Geld haben. Oft fragte ich mich in den vielen Jahren, ob die Menschen überhaupt wissen, daß selbst ein noch so kleiner Hund Fürsorge, Liebe, Pflege und die Nähe zu seinem Besitzer braucht. Allzuoft sind es die Kinder, die sich einen

Hund als »Spielzeug« erbitten, und nachher piesacken sie ihn und gehen mehr als unwillig mit ihm spazieren. Die Arbeit bleibt an den Müttern hängen, die aber vielleicht nicht einmal Zeit für sich selber haben, weil sie ihre Männer, die Kinder und den Haushalt versorgen müssen oder berufstätig sind. Sie wollten ja den Hund nicht, also bleibt er sich selbst überlassen und versucht, sich ein kleines Eigenleben zu schaffen.

Kam ein solches sich selbst überlassenes Geschöpf zu mir, fand es das Hotel himmlisch: die regelmäßigen Ausführ- und Fressenszeiten; den Kontakt zu den »Kollegen«; ein schönes sauberes Bett mit einer weichen, abwaschbaren Schaumgummimatratze und einer sauberen Decke, in die man sich hineinkuscheln konnte; und abends und morgens eine große Auswahl an Keksen, die aus einem kleinen Korb vor die Nasen gehalten und nicht bloß so hingeworfen wurden. Alle konnten sie sich ihr »Betthupferl« selbst aussuchen – schließlich hatte ja jeder einen eigenen Geschmack. Die Wasserschüssel wurde zweimal am Tag mit frischem Wasser gefüllt.

Wenn ich abends mit meinem Korb im Raum erschien, setzten sich alle, groß und klein, aufs Bett und warteten mit leuchtenden Augen auf ihre Kekse. Nie werde ich die gierigen Gesichter meiner Gäste vergessen. Egal, ob diese tagsüber lieb oder knurrig waren, abends waren sie alle kleine, süße Engel. Oft bekam ich einen zarten Hundekuß, und das entschädigte mich für all die schwere körperliche und grobe Arbeit den ganzen Tag über. Und wenn ich zuletzt sagte: »Gute Nacht, schlaft gut – bis morgen früh«, kuschelte sich jeder in sein kleines Bett, schlief und schnarchte bis zum nächsten Morgen.

Jeder Hund hatte in seiner Box ein großes Handtuch hängen, womit er bei Regenwetter abgerubbelt wurde; einige hatten eigene Regendecken. Als Futter bekamen die Tiere Reis, viel Gemüse und Fleisch. Jeden Morgen kam mein Schlachter und brachte einen Eimer, der bis oben gefüllt war mit frischem Herz- und Kopffleisch. Es wurde gekocht serviert, denn auch wenn ein Hund zu Hause rohes Futter bekommt, verträgt er immer gekochtes. Umgekehrt gibt es häufiger Probleme. Wenn die Hunde gefüttert waren, konnten wir endlich unser Essen einnehmen. Nachmittags spielten wir mit den Gästen ausgiebig im Garten. Danach tranken wir Kaffee, denn wir brauchten wieder eine Ruhepause, bevor wir die Hunde am Abend lange ausführten. Unser Abendessen war immer ein »dinner at eight«; erst danach hatten wir unsere wohlverdiente Abendruhe. Piepste oder bellte nachts ein Gast, ging ich immer zu ihm, um zu sehen, was los war. Ich erinnere mich kaum an eine Nacht, in der ich durchschlafen konnte. Einmal hatte ich einen Jagdhund in Pension, der ein großer Frühaufsteher war und das Haus und die Nachbarschaft mit seinem Bellen wachhielt, so gegen fünf Uhr. Um ihn müde zu machen und ihn dadurch ruhigzubekommen, sprang ich in meine Kleider, nahm mein schon abends bereitgestelltes Fahrrad und radelte bis ungefähr sieben Uhr mit ihm – vergebens. Wenn ein solcher Gast wegging, war ich nicht traurig, aber oft dauerte es sechs Wochen, bis er abgeholt wurde.

Begrüßte ein Hund sein Herrchen nicht überschwenglich, sondern drehte sich beim Verlassen der Pension sogar noch nach mir um, war mir schmerzlich klar, daß er zu Hause nicht als vollwertiges Lebewesen angesehen wurde. Sah ein Hund mich jedoch freundlich an und gab mir vielleicht noch ein kleines Küßchen, um dann selig mit seinem Herrchen zu verschwinden, dann tat mir der Abschied oft weh, aber so sollte es ja normalerweise sein. Ich war eine anerkannte »Tante Pia« gewesen, aber ein Frauchen durfte ich für meine Gäste nie sein – ganz gleich, ob sie eine, zwei oder zehn Wochen bei mir verbrachten.

Die Erfahrung hat mich gelehrt, daß man immer versuchen muß, ein wenig die Hintergründe zu betrachten, um zu verstehen, warum einige Menschen sich besonders mit ihren Tieren verbunden fühlen. Es gibt allzu viele Menschen, die aus irgendeinem Grunde aus der Bahn geworfen worden sind und sich deshalb mehr als sonst an ein Tier hängen, das von sich aus nie seinen Besitzer verläßt. Ich habe bei der Trennung von jedem einzelnen meiner eigenen Hunde immer das Gefühl gehabt, daß es diesmal der schrecklichste Abschied war und unmöglich, ohne die Liebe und Anhänglichkeit dieses Tieres weiterzuleben. Aber ganz schnell zeigten mir die noch Lebenden, daß sie mich brauchten und nicht auf meine Zuneigung verzichten konnten, denn das Leben dreht seine Kreise immer weiter, unaufhörlich – solange wir atmen.

Morgens um sieben begannen meine beiden Hilfsmädchen und ich mit unserer Arbeit. Jeder leinte einen Hund an, manchmal auch zwei, und ging mit ihm auf der großen breiten Villenstraße spazieren; dort war in der Mitte ein Stück, das früher wohl mal ein Reitweg gewesen war, mit Bäumen und Büschen bepflanzt. Die Hunde konnten dort ihr »Geschäft« machen, wir kontrollierten das und sahen daran, ob sie gesund waren und zu Hause Wasser, Milch oder Tee serviert bekommen mußten, nachdem wir die kleinen Trinkschüsseln abgewaschen hatten. Eine von uns nahm inzwischen die Decken aus den Betten, um sie zu lüften und abzuklopfen. Eine andere säuberte die Betten und die Fußböden. Dann war Kämm– und Bürstzeit, und die Augen und Krallen mußten nachgesehen werden. Wenn mal ein neuer Gast einen Floh mitbrachte, wurde der Hund in der Badewanne gebadet, danach getrocknet und gepudert.

Die ganzen Jahre war es ein Problem, eine wirklich gute Hilfe für die Hundepension zu bekommen. Wir annoncierten in Deutschland und auch in Dänemark, woraufhin sich viele tierliebe Mädchen bei uns bewarben, deren Leidenschaft jedoch beim Saubermachen aufhörte und die ihr Visum auf »Retour« schnell bekamen. Eine saß am nächsten Tag auf den Treppenstufen zum Hundehotel und weinte. Auf meine Frage nach dem Warum antwortete sie, sie hätte nicht das richtige Verhältnis zum Besen, da ihre Mutter zu Hause solche Arbeiten immer selber ausgeführt hatte.

Ich versuchte es mit jungen Mädchen und später, nachdem ich 1969 Witwe geworden war, mit alleinstehenden älteren Frauen. Aber das war noch problematischer. Nie lernt man aus. Es meldeten sich Beamtenwitwen, eine geschiedene Arztfrau, eine Ledige, die mit ihrem Kind nach dem Krieg nach Westdeutschland gezogen war und nun zurück nach Berlin wollte. Alle diese Menschen waren nicht in der Lage, ihr Alltagsleben allein zu meistern, jedoch merkte ich das oft erst, als sie bei mir waren. Ich hatte sogar mein Schlaf– und das daneben liegende Jungmädchenzimmer als Wohnung umbauen lassen, die sehr schön geworden war mit den zwei großen Terassentüren, einer kleinen Einbauküche und einer abgetrennten Dusche. Aber all meine Mühen waren umsonst. Die Arztfrau hatte soeben eine Entziehungskur hinter sich, die unverheiratete Frau war so tablettensüchtig, daß sie oft nicht mehr geradeaus gehen konnte, und eine andere benutzte meine Kleider, öffnete meine Briefe und erlaubte sich auch noch vieles andere. Ich besorgte diesen Frauen jeweils eine andere Bleibe und atmete auf, wenn sie weg waren.

Es war bei mir von Anfang an eine Selbstverständlichkeit, daß die Hundefürsorge ganz oben auf der Liste stand und die Betreuung der mir anvertrauten Tiere die Hauptsache war. Ich hatte damals vergessen, daß die Menschen sich selber an die erste Stelle setzen und in den Herausforderungen des Alltags nur Störungen sehen, die mit Tabletten und Alkohol bekämpft werden müssen. Diese Erfahrung bestätigt sich auch noch heute. Aber einigen Pflegerinnen, die in meiner Zehlendorfer Anfangszeit bei mir waren, möchte ich doch ein Denkmal setzen.

Vier unvergeßliche Hundepflegerinnen

Ingeborg

Als wir 1956 unser Hundehotel eröffneten, sagte mein Mann, ich müsse eine Hilfe haben: die Riesenwohnhalle, unsere Doggen, die Pensionshunde, der Garten – all das machte zuviel Arbeit. Aber da wir beide erst am Anfang unserer beruflichen Existenz standen und nicht allzuviel Geld verdienten, mußten wir uns nach einem jungen Mädchen umsehen, das erst noch über geringe Kenntnisse in der Haushaltsführung und der Hundepflege verfügte und daher niedrigere Gehaltsansprüche stellte. Also setzten wir eine Anzeige in die »Morgenpost«. Einige Mädchen kamen daraufhin, um sich vorzustellen. Aber von zehn wären neun am liebsten gleich wieder weggelaufen, nachdem ich meinen »Tester«, den Doggenrüden Bambino, eingesetzt hatte, um sie zu beschnuppern. Ich hatte zu Anfang meines 40jährigen Lebens mit den Doggen einmal etwas über Bismarck gelesen: er vertraute immer dem »Urteil« seiner Doggen, wenn Diplomaten bei ihm einen guten Eindruck machen wollten. Und da Bambino mich so bedingungslos liebte, kam ich auf die Idee, daß er auswählen mußte. Denn wenn er jemanden nicht mochte, drehte er sich um und entfernte sich – und damit war eine eventuelle »Zusammenarbeit« nicht möglich. Andere Hunde hätten vielleicht in solch einer Situation gebissen, aber das tat Bambino nie.

Eines Tages kam Ingeborg. Sie trug eine alte Strickjacke, einen Rock und ganz verbrauchte, jedoch saubere »Russenstiefel«, wie wir die hohen, schwarzen Winterstiefel der Nachkriegszeit nannten. Wir saßen und sprachen über ihr trauriges Schicksal. Ihre Eltern, die in Ostdeutschland gelebt hatten, waren tot. Sie selbst wurde von einer Hoteliersfamilie in Westberlin adoptiert. Die Adoptiveltern schickten sie zwar in eine gute Schule, benutzten sie aber sonst nur zum Schuheputzen für die Hotelgäste. Ingeborg hielt das nicht länger aus und lief davon. Sie ging in das kleine Zehlendorfer Kino und setzte sich neben einen dicken, älteren, freundlichen Mann. Dieser sah ihre Tränen, und als Ingeborg ihm später ihre Geschichte erzählte, nahm er sie mit in sein kleines Häuschen, das früher ein Bahnwärterhaus gewesen war. Er rief die Adoptiveltern an, und da er einen zuverlässigen Eindruck machte, erlaubten sie, daß das Mädchen bei ihm blieb, bis es eine Stellung und ein anderes Zuhause gefunden hatte.

Nun saß sie bei uns – das heißt, sie hatte sich gleich in das große Doggenbett gesetzt und Bambino umarmt, der das stolz wie ein König über sich ergehen ließ. Doch auf meinen Mann machte Ingeborg keinen guten Eindruck. Er sagte: »Du hörst von uns.« Als sie gegangen war, fügte er hinzu: »Ich schreibe gleich eine Absage, sie sah zu armselig aus«, und brachte den Brief zum Postkasten. Am nächsten Tag jedoch rief der alte Mann an. Er flehte uns an, es doch mit Ingeborg zu versuchen, und als er ihre Ehrlichkeit und ihren Fleiß lobte, ließ auch Bodo sich überzeugen.

Ingeborg kam zurück, so wie sie gegangen war – ohne Gepäck. Also versorgte ich sie mit den notwendigsten Sachen. Sie wurde fast wie ein Kind für uns, aber eines Tages lernte sie den »Mann ihres Lebens« kennen, zumindest dachte sie das damals. Dieser Mann war ein sehr lieber Mensch, aber wie so oft, wenn eine Bindung zu früh eingegangen wird, entwickeln sich beide Partner unterschiedlich – und schließlich geht jeder seinen eigenen Weg. So war das auch in diesem Fall. Der gemeinsame Sohn blieb beim Vater, der Mutter gelang es nach der Trennung, ein kleines Geschäft aufzumachen. Sie hat jetzt eine eigene Wohnung, und der inzwischen erwachsene Sohn auch. Viele Träume zerbrachen. Aber der Alltag ist kein Traum, sondern eine Realität, die man bewältigen muß. Ich habe noch einen guten Kontakt zu Ingeborg, und es macht Freude zu sehen, daß jemand, der alleine und ganz klein anfing, sich trotz vieler Widrigkeiten im Leben so tapfer über Wasser hält.

Evi

In der Zeit, in der Ingeborg gerade mit ihrem Freund ein »Nest« baute, mußte sich mein Sohn aus erster Ehe in Dänemark einer komplizierten Operation am Herzen unterziehen. Ich fuhr zu ihm und wohnte bei meiner früheren Schwägerin in Kopenhagen. In Berlin hatten wir inzwischen eine neue Hundepflegerin. Um sie wenigstens zwei Tage in ihre Pflichten einzuführen, kam ich für ein Wochenende nach Hause. Nervös und durcheinander, wie ich war, kann ich mich gar nicht daran erinnern, wie ich das überhaupt geschafft habe. Das einzige, was ich noch weiß, ist, daß ich nie zuvor so schnell einem völlig fremden Menschen beigebracht hatte, wie unser Tagesablauf mit den Hunden von morgens um sieben bis abends aussah und wie der Kontakt zu meinen Doggen ganz schnell hergestellt werden konnte. Evi – so hieß unsere neue Haushälterin – und die Hunde waren später ein Herz und eine Seele.

Evi war ein Waisenkind, ohne Familie, eine von den vielen Tausenden von »Findlingen«, die nach dem Krieg nirgendwo hingehörten. Sie wurde uns empfohlen von der Familie, die unser Haus so wundervoll ausgebaut hatte. Ich konnte tatsächlich schon zwei Tage später wieder nach Kopenhagen zurückfahren, und ich werde die kleine Evi immer in liebevoller Erinnerung behalten, denn sie meisterte ihre Arbeit sowohl im Hundehotel – meinem Lebenswerk – als auch im Haus nahezu perfekt, und sie war für mich auch später eine große Hilfe, denn mein Sohn überlebte seine Herzoperation nicht, und ich wäre innerlich fast daran zerbrochen.

Evi war lange bei uns, aber dann begann ihre kleine Lebensuhr zu ticken. Sie lernte einen Soldaten kennen, zog mit ihm nach Amerika und bekam vier bildschöne Kinder. Ihr Mann war ein Farbiger, womit sie sich damals auch in Amerika ein schwieriges Dasein einhandelte. Jahrelang schrieb Evi mir in treuer Anhänglichkeit. Sie teilte mir mit, daß sie sogar eine Dogge hätten, sie aber nachts arbeiten müsse, wenn die Kinder schliefen, um die wirtschaftlichen Schwierigkeiten zu verringern.

Eines Tages hörte ich gar nichts mehr von ihr, und das beunruhigt mich noch heute, denn nach all den Rassenproblemen in Amerika ist ihr Leben vielleicht nicht so harmonisch verlaufen wie das meiner anderen Mitarbeiterinnen, die ich auch sehr gern hatte.

Karen

Sie war ein Mädchen aus Dänemark, das wir durch eine Anzeige in einer dänischen Zeitung fanden. Anfangs hatte ich ihr gar nicht zugetraut, daß sie sich in die Arbeit mit den Hunden einfügen konnte, aber sie war so begabt und tüchtig, daß sie drei Jahre wie ein Kind bei uns im Hause lebte. Auch später, als sie längst verheiratet war, besuchte sie uns mit ihrem dänischen Mann noch öfter. Da sie in Berlin an einem Kursus über Trimmen, Baden und Scheren von Hunden teilgenommen hatte, konnte sie, nachdem sie wieder in Dänemark war, aus diesen Fähigkeiten einen guten Beruf machen. Sie fuhr zu den Leuten ins Haus und »verschönerte« dort die Tiere, denn in Dänemark durften Hunde nicht in öffentlichen Verkehrsmitteln befördert werden, und Autos gab es kaum.

Irgendwann brach der Kontakt zu Karen leider ab, da sie über ihren Beruf hinaus noch sehr durch die Familie beansprucht wurde und Mann, Kind und Hund betreuen mußte.

Marika

Sie war ein junges deutsches Mädchen, das bereits das Trimmen, Baden und Scheren von Hunden gelernt hatte, bevor sie zu mir kam. Dadurch konnten wir sofort mit der Arbeit beginnen, was gut war, denn oft war ein Gast Monate bei mir und in der langen Zeit ein Langhaarhund geworden.

Und auch als Marika später schon eine eigene Wohnung und zwei Kinder hatte, kam sie noch oft, wenn ein Hund getrimmt werden mußte. Ihre beiden Kinder, einen vierjährigen Sohn und einen Säugling, brachte sie immer mit. Wenn wir unten im Baderaum arbeiteten, legte sich der Vierjährige in das Eichenholzbett unserer Dogge Pia, während diese sich dann mit dem Fußboden begnügte und sich wie ein Bettvorleger davor plazierte. Der damals noch junge Rüde Vizier setzte sich vor den Kinderwagen und paßte auf das Baby auf.

Was viele Menschen für unwahrscheinlich halten, das war bei uns eine ganz natürliche Sache: die Doggen waren friedliche »Kindermädchen«. Sie waren so lieb, weil sie bei mir immer als vollwertig anerkannt wurden und wie selbstverständliche Familienmitglieder mit uns zusammen im Hause lebten. Daher verhielten sie sich gegenüber Fremden – kleinen oder großen – genauso wie Menschen.

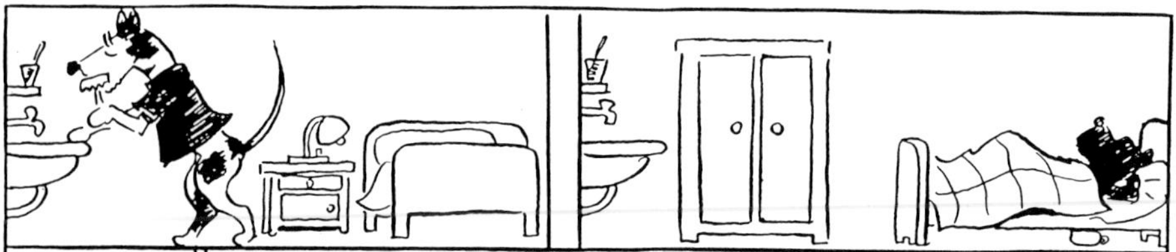

Die Verwirklichung und
Gestaltung eines lange in
mir geschlummerten
Traumes:

Mein Berliner

Das Hundehotel und seine Gäste

Viele kleine Gedichte, von denen ich nicht mehr weiß, woher ich sie kenne, schmückten die Wände in meinem Zehlendorfer Hundehotel. An eines erinnere ich mich jetzt.

Wenn Sie nur einmal denken:
Wenn er mir lästig wird,
gebe ich ihn wieder ab.
Dann lassen Sie es bitte ganz!
Ein Hund ist kein Anzug,
ist nicht ein Gegenstand oder ein Auto!
Die Bindung von Hund und Herr
ist lebenslänglich,
und nur wenn von seinem Herrn
die Bereitschaft dazu vorhanden ist,
dann werden beide miteinander verbunden.

Dori
Oskar
Jerry
Mücke
Schnüffke
Terry
Timmy
Kitty

Zehn glückliche Rein– und Rausgeh–dackel und ein unglücklicher

Das sind einige der Dackel, die zu Hause geliebt und behütet wurden und die den Aufenthalt im Hundehotel fröhlich und als Urlaub verlebten, die aber genauso gern wieder weggingen, wenn sie von den geliebten Herrchen und Frauchen abgeholt wurden.

Die liebe Kitty und der demütige Bonny

Diese beiden hatten jeder für sich ein Zuhause. Sie wurden geliebt und verwöhnt. Kitty lebte bei einem bekannten Architektenehepaar, mit dem wir uns später anfreundeten und zu dem ich noch heute Kontakt habe. Bonny gehörte dem Besitzer eines Textilgeschäftes in Steglitz, der ebenfalls unser Freund wurde.

Als die Hunde erstmals zu uns kamen – irgend jemand mußte den Besitzern unsere Pension empfohlen haben –, war das Hundehotel noch nicht ganz fertig. Also brachten wir sie in unserem Haus unter. Wir stellten ein kleines Hundebett ins Schlafzimmer, in dem auch meine damaligen Doggen – die Hündin Aida und ihr Sohn Bambino – ihr Lager hatten. Da sie aber beide sehr freundlich zu anderen Hunden waren, gab es keinerlei Reibereien zwischen den Tieren.

Kitty hatte die Angewohnheit, sich in Aidas Bett breitzumachen, so daß Aida darauf verzichtete, bei uns im Schlafzimmer zu schlafen, und sich stattdessen lieber in unser große Wohnhalle zurückzog, in der sich noch ein riesiges Doggenbett befand. Eine lustige Situation ist mir besonders in Erinnerung geblieben: Ich kam aus dem Badezimmer und wollte mich gerade anziehen, als sich ein Kampf zwischen Aida und Kitty anzubahnen drohte. Kitty lag – wie immer – in Aidas Bett. Plötzlich wollte Aida in ihr eigenes Bett gehen, worauf die kleine, sonst so sanfte Kitty ihr tatsächlich an die Kehle sprang. Das einzige, was ich in meiner Hand hatte, war mein Büstenhalter, den ich, so schnell ich konnte, zwischen beide Hunde warf. Sie stoben auseinander, und zum erstenmal, seitdem Kitty bei uns war, legte sich Aida mit Wonne ins eigene und Kitty in das ihr zugedachte Gästebett. Von da an teilten die Doggen und Kitty alles miteinander und vertrugen sich ausgezeichnet.

Mit Bonny verhielt es sich etwas anders, denn er war ein Rüde, und über ihn bestimmte Bambino. Dieser setzte sich mit Wonne in das kleine Bett, während Bonny demütig davorstand. Aber auch Bambino und Bonny vertrugen sich, und der kleine Rauhaardackel war für uns immer wieder ein netter Gast.

Arme kleine Doris

Die kleine süße Doris, ein Langhaardackel mit einem besonders glänzenden fuchsroten Haar, war so bezaubernd, daß alle kleinen Hundegäste sie anbeteten und sie für eine Prinzessin hielten. Nie wurde sie angeknurrt oder zum Raufen oder Baden aufgefordert. Nein, Klein–Doris saß mitten auf dem Rasen, ließ sich hofieren und respektvoll bewundern. Sie kam einige Jahre zu mir und fühlte sich wohl und behütet.

Eines Tages rief ihr Frauchen weinend an und erzählte, daß Doris eine Dackellähmung hatte. Alle erreichbaren Tierexperten waren bereits konsultiert worden, um sie wieder gesundzumachen. Die Suche nach jemandem, der ihr helfen konnte, war jedoch bisher erfolglos geblieben. Doris konnte kaum laufen; sie schleppte ihren kleinen Hinterkörper mit sich umher und war auch nicht mehr blasendicht. Ihr Frauchen bat mich, Doris zu mir zu nehmen, da in der Familie, die in Westdeutschland lebte, jemand gestorben war und Doris für etwa vier Tage versorgt werden mußte.

Natürlich sagte ich zu. Klein–Doris wurde gebracht – eingewickelt in Decken und Gummiunterlagen, wie es sonst nur bei einem Baby üblich ist. Sie leckte sogar meine Hand, als ich sie übernahm. Vier Tage tat ich alles, um dem unglücklichen kleinen Tier das Leben zu erleichtern. Doris wurde raus– und reingetragen und neunmal am Tag – dreimal vormittags, dreimal nachmittags und dreimal abends – allein, ohne andere Hunde, mitten auf den Rasen gesetzt. Ich gab ihr Hackfleisch in winzigen Portionen und alles, was sonst gut und nötig war. Wenn sie abends in einen kleinen Korb gelegt wurde, den sie statt eines Bettes hatte, damit sie nicht herausfallen konnte, sah sie mich mit ihren schönen nußbraunen Augen an, als gehörte sie schon nicht mehr zu unserer Welt. Das brach mir jedesmal fast das Herz. Als sie abgeholt wurde, habe ich ihre Besitzerin davon überzeugen können, daß ein kleiner Platz im Hundehimmel das einzig Richtige für Doris wäre. Eine Woche später wurde mir mitgeteilt, daß die Kleine jetzt ihren Frieden hätte. Vielleicht hat sie schon meinen Dackel Taps begrüßt, er wäre für sie der ideale Gefährte gewesen.

Gitte, das verwöhnte Dackelmädchen

Gitte wuchs auf – rauhhaarig, struppig und die meiste Zeit sich selbst überlassen, da die Besitzer berufstätig waren und nicht viel Zeit für sie hatten. Sie wurde fremden Menschen gegenüber mürrisch und unfreundlich. Manchmal kam sie zu mir in Pension, wo sie sich von jedem Hund völlig distanzierte. Sie fraß gierig und viel und lebte ihr kleines Eigenleben.

Eine meiner früheren Angestellten hatte sich eine gutgehende Wäscherei aufgebaut. Der Chauffeur ihrer Besitzer brachte Gitte manchmal für einige Stunden oder Tage zu der jungen Wäschereiinhaberin. Es war Liebe auf den ersten Blick. Gitte verteidigte ihre »Pflegemutti« und das Geschäft so heftig, daß für sie schließlich eine kleine Ecke des Raumes abgetrennt werden mußte, damit sie nicht alle Kunden verscheuchte.

Eines Tages, nachdem ihnen gut zugeredet worden war, überließen die Besitzer ihre kleine Gitte der Wäschereiinhaberin. Diese verwöhnte den Hund so sehr, daß er kugelrund wurde und oft mehr rollte als lief. Nach einigen Jahren voller Liebe und Glück starb Gitte in den Armen ihres geliebten Frauchens.

Lenka, die amerikanische Generalstochter

Der oberkommandierende General der amerikanischen Streitkräfte in Berlin bewohnte mit seiner Familie eines der schönsten Häuser in Dahlem. Neben dem Hauptgebäude gab es dort einen Trakt für die Bediensteten, ein Gästehaus und mehrere Garagen. Das einzige »Kind« im Haus war eine dicke Glatthaardackelhündin namens Lenka. Sie war diejenige, um die sich alles im Hause drehte, natürlich mit Ausnahme der dienstlichen Angelegenheiten des Generals. Meldeten sich Besucher an oder fand eine Party statt, was ja häufig vorkam, weil sie zu den dienstlichen Pflichten des Generals gehörten, dann brachte der hauseigene Chauffeur Lenka samt Korb und all ihren Kissen in meine Pension. Die Dackelhündin sollte von den Unruhen der Vorbereitungen solcher Feste nichts spüren, damit sie nicht von der Nervosität der Menschen angesteckt wurde und womöglich bleibende Schäden davontrug.

Nach einem Aufenthalt bei mir brachte ich Lenka oft selbst wieder zurück und wurde jedesmal so herzlich begrüßt, als hätte ich eine besondere Leistung vollbracht. Nachdem der General mit seiner Familie aus Berlin versetzt worden war, um in Südamerika einen Posten zu übernehmen, bekam ich, solange Lenka lebte, viele liebe Kartengrüße.

Auch Lenkas Bild schmückt mit anderen eine Wand in meinem kleinen Hundehotel hier im Wendland. Wenn ich ihr Foto betrachte, verspüre ich oft den Drang, ihren kleinen, glatten Dackelkopf zu streicheln und in ihre hübschen dunklen Augen zu sehen. Überhaupt wundert es mich häufig, daß von den Tausenden von Gästen, die ich hatte, ab und zu einer vor mir steht, als ob er lebendig und alles noch so wie früher wäre, und ich spüre einen Augenblick, wie klein und ohnmächtig wir Menschen sind, verglichen mit der endlosen Ewigkeit.

Mücke, total verliebt in Schniffke

Mücke wohnte in der Wohnung über uns. Die Besitzer hatten immer ein wenig Angst, daß die fremden Hunde ihrem kleinen Liebling etwas antun könnten, aber schließlich durfte sie doch im Garten mit den Hundegästen spielen, und sie amüsierte sich köstlich dabei. Sie freundete sich mit dem Dackel Schniffke an, und zwar so sehr, daß wir sie zweimal verzweifelt suchen mußten, weil wir dachten, sie wäre weggelaufen. Stattdessen fanden wir die beiden einträchtig nebeneinander schlafend in Schniffkes Bett.

Später zogen Mückes Besitzer nach Süddeutschland, und Schniffte suchte sie vergeblich, als er das nächste Mal zu uns kam. Es war eine große Liebe gewesen, die – wie so oft im Leben – unerfüllt blieb.

Der lachende Schniffke

Eines Abends sagte mein Mann zu mir: »Sag mal, kann es sein, daß sich ein ungebetener Gast im Hundehotel aufhält? Oder glaubst du an Geister? Hör doch mal – da lacht jemand unentwegt – ha, ha, ha!« »Nein«, antwortete ich. »Es spukt nicht bei uns. Der, der da lacht, das ist Dackel Schniffke. Er ist für ein paar Wochen zu uns gebracht worden. Im Gegensatz zu anderen Hunden bellt er nicht, sondern er lacht immer: ha, ha, ha. Du siehst also, es ist alles in bester Ordnung.«

Schniffke war eine kleine »Persönlichkeit«, und wir verstanden uns sehr gut. Eine Sache aber hat Schniffke wohl nie überwunden und mir bestimmt nicht verziehen: beim wilden Spielen im Garten war er, der Wasser nicht ausstehen konnte, einmal in den Swimming–Pool geplumpst und hatte sich danach so dumm angestellt, daß er nicht mehr allein hinausklettern konnte. Ich mußte ihn herausfischen und abtrocknen. Hätte ich ihm das nicht ersparen können?

Den Tag, an dem die Nachricht von seinem Tode bei mir eintraf, werde ich niemals vergessen; ich habe fürchterlich geweint. Das Bild, das ebenfalls in dem Brief war, ist mittlerweile sehr verblaßt, und ich selber sehe auch sehr schlecht. Aber es hängt an der Wand in einem meiner kleinen Hundehotelzimmer, und oft, wenn ich dorthin gehe und vor den Erinnerungsfotos stehenbleibe, sage ich ihm: »Hallo Schniffke. Viel sehe ich nicht mehr von dir; aber wenn ich ganz still bin, dann höre ich dein Lachen: ha,ha,ha; leise, aber immer noch deutlich!«

Der dicke Oskar

Eines Tages kam eine Familie zu mir mit einem ganz dikken Dackel. Er war noch nicht alt, aber völlig überfressen. Die vier Stufen zum Büro wurde er getragen, und in seine Box auch. Ich ließ ihn von meinem Tierarzt untersuchen, der mir für die acht Wochen, die Oskar bei mir verbringen sollte, einen Diätplan erstellte: keine Kekse, keinen Kuchen, keinen Reis – sondern pures Hackfleisch, Quark, Mohrrüben und Knäckebrot. Nach einigen Wochen versuchte Oskar von sich aus, die Treppenstufen hinunterzuklettern, um im Garten einer kleinen Freundin zu schmeicheln. Zuerst lief er unbeholfen, später aber ganz forsch und stolz auf dem Rasen umher. Ich war sehr zufrieden, obwohl seine »Sonderdiät« teurer war als das übliche Hundefutter.

Der Tag kam, an dem Oskar abgeholt wurde. Die Leute klingelten, ich ließ Oskar raus, und er lief so schnell er konnte zum Tor. Nie werde ich die Gesichter der Hundebesitzer und ihre Reaktionen vergessen: »Ist das unser Hund? Oh Gott, er muß ja schrecklich getrauert und gehungert haben, das werden Sie, Frau Schilling, nie mehr gutmachen können.« Was aus dem armen Oskar wurde, bekam ich nie zu wissen. Vielleicht ist er an der Riesenportion erstickt, die ihm sicher sofort serviert wurde, nachdem er zu Hause angekommen war. Ich habe viele Tränen vergossen und schwor mir, nie wieder einen Hund auf Diät zu setzen, auch wenn ihm das sehr gutgetan hätte. Von da an galt der

Grundsatz: Kam ein Hundegast fett zu mir, so hatte er beim Weggehen immer noch dasselbe Gewicht.

Timmy und Jerry, zwei Gegensätze

Timmy und Jerry gehörten beide einer tierlieben, älteren Dame, die ein Haus und ein großes Grundstück an der Havel hatte. Zuerst war Timmy bei mir in Rudow in Pension, er war lieb, artig und still. Zu Hause jedoch war er ein kleiner Wandervogel, der eine Vorliebe für das Jagen hatte, und genausooft wie er selber hinter Mäusen und Wildkaninchen herlief, war sein Frauchen auf der Jagd nach ihm. Später wurde er einige Male zu mir ins Wendland gebracht, wo er ebenfalls sofort auf die Suche nach Fröschen und Mäusen ging. Diese Leidenschaft brachte ihn schließlich ums Leben. An einem eiskalten Winterabend in Berlin verschwand er und wurde am anderen Morgen an der Uferböschung gefunden – tot. Er hatte beim Mäusejagen einen Herzschlag bekommen.

Frauchen trauerte lange, aber eines Tages konnte sie ihr Alleinsein doch nicht mehr ertragen und suchte sich bei einer Züchterin einen neuen Dackel aus, der allerdings einen ganz anderen Charakter hatte als Timmy. Einige Zeit später waren die Welpen so weit, daß man beurteilen konnte, was aus ihnen werden würde. Jerry kam zu unserem lieben Frauchen. Er lebt noch heute und wird jedes Jahr zweimal zu mir gebracht. Und er ist wirklich anders als Timmy. Er jagt keine Mäuse oder Frösche und auch keine anderen Tiere. Sein Spiel ist folgendes: er flitzt durch jedes noch so kleine Loch im Zaun – immer auf der Suche nach einem Riesenhund, den er in die Pfoten zwikken kann, um dann wie ein Blitz zu verschwinden.

Seinem Frauchen gaukelt er vor, daß er dieses oder jenes nicht fressen mag, während er bei mir genau dieses Futter für sein Leben gern und mit Wonne frißt. Er ist eben ein Schlitzohr. Aus seinem Zimmer in der kleinen Pension muß ich immer die Gardinen, sein Handtuch und seinen Waschlappen entfernen und darf nie seine Leine oder etwas anderes Greifbares in seiner Nähe hängenlassen, denn er holt alles von den Haken herunter und teilt es in kleine Stücke.

Er ist größer und stämmiger als Timmy, aber er hat einen so goldigen Gesichtsausdruck, wenn er mit einem großen Brandt–Zwieback in seiner Schnauze – den er zu Hause natürlich nie anrührt, bei mir aber den Hundekeksen vorzieht – auf seinem Bett sitzt. In diesen Momenten kann man ihn nur knuddeln. Wenn ich ihn in den großen Hundegarten hinauslasse, wartet er jedesmal geduldig, bis ich mitkomme. Ich muß dabeisein, wenn er herumläuft.

Als er das letzte Mal bei mir war, hatte ich zur selben Zeit noch einen riesengroßen Hirtenhundmischling in Pension. Die beiden Hunde konnten sich durch die Gitterstäbe sehen, ohne sich jedoch zu berühren. Irgend etas muß der Dackel seinem großen Kumpel mitgeteilt haben, denn in den letzten vier Tagen, bevor der Große wieder abgeholt wurde, traute er sich kaum noch am Dackelzimmer vorbei. Ich mußte ihn an der Leine in den Garten führen.

Es gibt tatsächlich Menschen, die behaupten, daß Tiere nicht denken oder sprechen können. Ich habe eine andere Meinung: Die Tiere können das sehr wohl, nur sind die meisten Menschen nicht Sprachgenies genug, um die Sprache der Tiere zu verstehen, und es ist unter ihrer Würde, sich die Mühe zu machen, sie zu erlernen.

Terry, struppig und leider ganz unglücklich

Terry war der einzige Hund, der nicht zu den lustigen Rein– und Rausgehdackeln gehörte. Um ihn von den anderen zu unterscheiden, lasse ich ihn seine leidvolle Geschichte selbst erzählen:

Es ist schon sehr lange her, daß ich auf der Erde lebte. Ich bin bereits dreißig Jahre im Himmel. Im Gegensatz zu den anderen glücklichen Dackeln war ich ein verstörter, trauriger Vierbeiner, der leider auch nach dem Aufenthalt in Tante Pias Hundehotel weiterhin sein einsames Dasein zu Hause ertragen mußte. Allerdings ging es mir viel besser, nachdem Tante Pia mich zurückgebracht und meinem Herrchen unverblümt ihre Meinung darüber gesagt hatte, wie er mich immer behandelte.

Wir – mein Herrchen und ich – lebten allein, denn Frauchen war gestorben. Sie war es, die mich einmal gekauft hatte und die mich liebte, und ich vermißte sie sehr. Herrchen gehörte zur Prominenz: er war Staatsanwalt in West–Berlin und besaß ein wunderschönes Haus am Wannsee, das fast schon ein Schloß war. Leider hatte Herrchen viel Arbeit und war daher immer so gestreßt, daß er mich völlig vergaß. Er überließ mich den Dienstboten, die häufig wechselten und oft nicht gut zu mir waren. Eine Haushälterin sperrte mich einmal sogar in den Käfig ihres Papageis, der gestorben war. Damit wollte sie verhindern, daß ich die von ihr soeben blank gewischten Parkettfußböden beschmutzte. Sie schob den Käfig, in dem ich nicht mal liegen, sondern nur sitzen konnte, dauernd hin und her. Als ich oft genug rebelliert hatte, ließ sie mich endlich in den Garten mit den Worten: »Ach, hau ab, du dummes Tier!« Ich buddelte mich sofort in den Komposthaufen ein, in dem manchmal Ratten, Mäuse oder andere undefinierbare Krabbeltiere hausten. Dort heulte ich mich erstmal aus vor lauter Kummer und Sehnsucht nach einer Hand, die mich liebkoste. Daß ich nicht für immer weglief, lag nur daran, daß ich – trotz allem – an Herrchen hing, besonders, weil er mein Frauchen so geliebt hatte.

Auf dem Komposthaufen fing ich mir Läuse und Flöhe ein. In diesem Zustand kam ich als Gast zu Tante Pia, die das schnell bemerkte. Da aber der Chauffeur, der mich gebracht hatte, inzwischen weggefahren war, steckte sie mich sofort in die Badewanne. Dann wurde ich mit einem Desinfektionsmittel eingerieben und danach fast kahlgeschoren. Dabei stellte sich heraus, daß ich sogar eitrige Wunden am Körper hatte. Der Tierarzt, Dr. Robl, wurde gerufen. Er untersuchte mich und versorgte meine Verletzungen. Anschließend wurde ich von Tante Pia so liebevoll gepflegt, daß ich bald wieder gesund wurde. Meine Haare wuchsen schnell, und ich durfte mit den anderen Gästen im Garten spielen. Ich verliebte mich unsterblich in die süße amerikanische »Generalstochter« Lenka. Wenn ich sie mit meiner Pfote berührte, klatschte es so herrlich auf ihrem Fell, das so glatt wie das eines Seehundes war. Lenka aber war ein ausgesprochener »Jungfrauen–Typ« und ließ mich nicht allzunahe an sich heran. Eine große, unerfüllte Liebe blieb in mir zurück.

Wie ich schon sagte, mein Leben wurde schöner, nachdem Tante Pia meinem Herrchen klargemacht hatte, daß es nicht richtig wäre, wenn er mich weiter so wie bisher behandelte. Von da an durfte ich immer ganz nahe bei ihm sein, er wurde sogar ein Freund der Familie Schilling und gab mich dort öfter in Pension.

Hier im Hundehimmel sind wir fast alle gleich. Es gibt nur wenige Ausnahmen, und dazu gehört natürlich der Dackel Taps, der ja ein Held geworden ist und stolz sein Prädikat

»Außergewöhnlicher Hund« mit sich umherträgt. Wir alle, die wir Gäste in Tante Pias Hundehotel gewesen waren, haben uns zusammengeschlossen und einen Club gegründet, der schon eine ganze Menge Mitglieder hat. Wenn wir uns sehen, tauschen wir Erinnerungen aus, was immer hochinteressant ist. Taps laden wir als Ehrengast ein; ich muß schon sagen: seine Lebenserfahrung übertrifft alles! Auch Quintus mit seinem Eierkopf, der ihm den Spitznamen »Einhörnchen« gab, gehört unserem Club an. Und was das Schönste ist: hier im Himmel gibt es weder Gut noch Böse und auch keine Laster, so daß Quintus seine Eierlikör–Sauferei völlig aufgeben konnte und jetzt ein totaler Abstinenzler ist.

Manchmal wird dieses »reine« Leben hier oben zu eintönig. Dann kommt der eine oder andere von uns für eine kurze Zeit auf die Erde zurück, und dadurch, daß er sich als »Fata Morgana« zeigt, erfreut er ein – vielleicht noch lebendes – Herrchen oder Frauchen oder einen Fremden, der sehr einsam ist. Wir wollen den Menschen klarmachen, daß das Leben auf der Erde zwar kurz und oft nicht schön ist, daß es im Himmel aber eine Freude gibt, die ewig dauert.

Und nun hört unsere Botschaft: Mensch, sei lieb zu deinem kleinen treuen Vierbeiner, der immer an deiner Seite bleibt, auch wenn er längst nicht mehr auf der Erde ist. Öffne dein Herz, dann wird dein kurzes Leben vielleicht eine Vorstufe für das Paradies sein!

Und die schönsten Geschichten von den anderen

Arras erteilt mir eine Lehre

Eine kurze Zeit, nachdem ich mein Hundehotel eröffnet hatte, brachte man mir einen großen braunen Königspudel. Er hatte ein schönes Zuhause, war verwöhnt und den anderen

Hunden gegenüber arrogant. Bei seiner Ankunft wurde mir mitgeteilt, daß man ihm nie sein Futter wegnehmen dürfe, weil er dann zubeißen würde. Da ich schon aus Prinzip keinem Hund sein Fressen wegnehme, die Tiere allerdings meistens auch ihren Napf leermachten, sah ich in dieser Anweisung kein Problem.

Da Arras ein kräftiger Hund war und sich von den kleineren Gästen immer absonderte, kam ich auf die Idee, ihn zusammen mit meiner Dogge Bambino neben dem Fahrrad herlaufen zu lassen. Wir fuhren oft zum Grunewaldsee, wo ein großer Hundebadestrand war, die Hunde amüsierten sich dort köstlich und vertrugen sich gut, obwohl sie beide Rüden waren. Wenn ich nach Hause radeln wollte, waren sie immer ein wenig ärgerlich.

Jeden Abend ging ich mit einem Korb voll verschiedener Kekse zu den Hundeboxen, sagte jedem Gast »Gute Nacht« und gab ihm seinen Lieblingshappen. Eines Abends lag Arras ganz ruhig langgestreckt auf seinem Bett. Ich bückte mich und sagte zu ihm: »Na, Arras, hier hast du deinen Keks.« Diesen wollte ich ihm zwischen seine Pfoten legen, hatte aber nicht gesehen, daß er dort noch den vom Vortag verwahrte. Beim Wort »Keks« muß Arras wohl gedacht haben, ich wollte ihm den Leckerbissen wegnehmen. Wie ein Blitz biß er zu, und zwar so kräftig, daß die Zähne sich durch meine rechte Hand bohrten und sie fast aufspießten. Es ging mir schlagartig durch den Kopf: wenn ich ihm jetzt nicht zeige, wer der Stärkere ist, dann gelingt mir das nie!

Ich reagierte blitzschnell. So gut es ging, richtete ich mich auf, wobei die kräftigen Hundezähne immer noch fest in meiner Hand steckten. Gleichzeitig spürte ich eine Kraft in mir, die man wohl nur in lebensgefährlichen Situationen hat. Mit voller Wucht schlug ich mit der linken Hand auf die Nasenspitze des Hundes. Im selben Moment riß ich die rechte aus seinem Maul. Noch heute begreife ich nicht, wie ich das geschafft habe. Ich taumelte rückwärts aus der Box hinaus, und nachdem es mir gelungen war, die Tür zuzuschlagen, schrie ich wie eine Verrückte nach meinem Mann, der an diesem Tage besonders früh zu Bett gegangen war. Er wurde sofort wach und eilte zu mir. Als er sah, daß aus meiner rechten Hand das Blut nur so herausschoß, rief er unseren Freund zu Hilfe, der in der obersten Etage seine Wohnung hatte. Dieser nahm in Windeseile seinen Hosengürtel und band meinen Arm damit ab.

Polizei und Ambulanz wurden gerufen, während ich so lange im Bad auf dem Toilettendeckel sitzen mußte, da ich vor Schwäche nicht mehr stehen konnte. Die Polizisten kamen zuerst. Als sie mich sahen, warteten sie nicht mehr das Eintreffen der Ambulanz ab, sondern trugen mich gleich in ihr Auto und fuhren mich, so schnell sie konnten, ins Krankenhaus. Die Operation dauerte über eine Stunde, und noch Wochen nach diesem Vorfall hatte ich große Schmerzen. Wie ich es damals fertigbrachte, die anderen Hunde zu versorgen, daran kann ich mich gar nicht mehr erinnern. Ich weiß nur noch, daß eine alte Tante meines Mannes für eine kurze Zeit zu uns kam, denn unglücklicherweise war meine Helferin zu Besuch nach Dänemark gefahren und kam erst fünf Tage später zurück.

Mit den Besitzern von Arras – oder besser deren Versicherung – konnten wir die Sache später regeln. Auch meine Hand heilte, zurück blieb eine Narbe, die mir heute manchmal noch wehtut – nach fünfunddreißig Jahren. Aber ich habe den Vorfall damals als Lehrgeld betrachtet, das ich zahlen mußte. Seitdem reagiere ich mit größerer Sorgfalt auf alles Neue und bin von meinen Hundegästen nie mehr gebissen worden, weder von kleinen noch von großen. Man muß in meinem Beruf immer die Augen offenhalten und stets mit allen Möglichkeiten rechnen, besonders bei fremden Hunden, die man nicht gut kennt. Es ist wichtig, die Reaktionen des Tieres, das man vor sich hat, einschätzen zu können. Dann erfüllt dieser Beruf ganz und gar das Bedürfnis, für vierbeinige Lebewesen dazu– sein.

Amphitryon hat einen Leibarzt

Für den Vormittag eines wunderschönen Sommertages war ein riesengroßer weißer Königspudel angekündigt. Ich hatte alles vorbereitet, die Anmeldungspapiere lagen schon auf dem Tisch.

Zwei Wagen fuhren vor unser Tor. Aus dem ersten stieg ein livrierter Chauffeur und öffnete die hintere Tür des Fahrzeugs für einen weißen Pudel, der beinahe so groß wie ein Kalb war. Dieser sprang nicht etwa aus dem Fond, sondern er bewegte sich so majestätisch, daß man ebenfalls von einem Aussteigen sprechen konnte. Sein Herrchen – Helmut Käutner – folgte ihm. Dem zweiten Wagen entstiegen – wie ich später erfuhr – der Leibarzt und dessen Assistentin in weißen Kitteln, gefolgt von einer jungen Sprechstundenhilfe, die die Arzttaschen und die Decken und Kissen des Hundes trug.

Ich sagte zu meiner Tierpflegerin: »Bei diesem Aufwand ist es wohl besser, daß ich hierbleibe und du unsere Gäste begrüßt und sie respektvoll in den Garten bittest.« Gesagt, getan. Ein sehr nervöser Helmut Käutner setzte sich an meinen Gartentisch und unterschrieb die Papiere. Dabei erzählte er, daß Amphitryon und er sich zum erstenmal in all der Zeit, die sie miteinander verbracht hatten, trennen mußten. Überall war der Hund dabei; er saß immer neben dem Regiestuhl und beobachtete die Schauspieler. Nun aber mußte Helmut Käutner im Ausland Regie führen, und es war verboten, Hunde dorthin mitzunehmen. Seine Haushälterin war kurz zuvor ins Krankenhaus eingewiesen worden und konnte den Hund nicht versorgen. Irgend jemand mußte mein Hundehotel empfohlen haben.

Ich überließ Amphitryon meiner Helferin im Garten, führte Helmut Käutner und den Tierarzt durch die Räume des Hundehotels und zeigte ihnen auch Amphitryons zukünftigen Platz. Der Tierarzt, der versprach, zweimal in der Woche den Gesundheitszustand des Hundes zu überprüfen, untersuchte die Fenster daraufhin, ob sie eventuell undicht wären, befühlte den Fußboden, um festzustellen, ob keine Kälte hindurchkam, und begutachtete das Bett mit der dicken, rotbezogenen Schaumgummimatratze, wobei ihn besonders die Sauberkeit darunter interessierte. Ich ließ diese Prozedur wortlos über mich ergehen. Danach wurde Amphitryon hereingeführt. Ich weiß noch, daß ich mich fühlte, als müßte ich mich einer Prüfung unterziehen, und atmete erleichtert auf, als ich es mit »bester Note« überstanden hatte.

Auch weiß ich noch, daß ich alles übertrieben und ein wenig lächerlich fand. Aber als ich Amphitryons »Wohnung« für die kommenden Wochen verlassen wollte, drehte ich mich noch einmal um und sah, wie Helmut Käutner mit seiner rechten Hand Amphitryons großen, weißen Kopf streichelte, während er mit der linken den Kopf des Tieres etwas anhob, damit er in seine Augen sehen konnten. Diese Geste erzählte mir ohne Worte eine lange Geschichte von Liebe und tiefer Verbundenheit. Es war ein völliges Zueinanderstehen, solange beide lebten.

Amphitryon überstand seinen Aufenthalt bei mir gut. Er war ruhig, lieb und ohne Aggressivität gegenüber den anderen Hotelgästen. Im Garten mischte er sich nie unter das »Volk«, sondern setzte sich an den großen Tisch und rührte sich nicht von der Stelle, wobei er wie eine ägyptische Sphinx wirkte. Die anderen Hunde – groß und klein – gingen in respektvollem Abstand um ihn herum. Und erst, wenn alle im Haus waren, drehte Amphitryon lässig eine Runde, um sein Bein zu heben.

Er wartete eben auf seinen einzigen Lebensinhalt – sein Herrchen. Bei dessen Ankunft legte dieser sofort wortlos seine Arme um den Hund. Beide waren unzertrennlich und nun endlich wieder zusammen. Die Sonne war in ihre Herzen zurückgekehrt, und über allem strahlte der Himmel. Herr und Hund leben nicht mehr, aber ich glaube, sie haben sich irgendwo wieder gefunden für alle Ewigkeit!

Arco hat viel Pech

Meine süße Amica vom Annaberg, eine Tochter von Bianca, die wiederum ein Hundekind meiner ersten Dogge Aida war, hatte einen Bruder namens Arco. Arco wohnte mit seinen Besitzern in einem sehr schönen großen Haus am Wannsee, das Grundstück hatte einen Garten bis zum See hinunter. Die Leute hatten eine Tochter, die, wie es zunächst schien, Arco sehr liebhatte. Die ersten Jahre seines Lebens verliefen also gut. Dann starb sein Frauchen, Herrchen ging in Konkurs, und das schöne Leben war vorbei. Die Familie zog nach Westdeutschland, und Arco wurde zu mir in Pension gegeben. Da sie mir nichts dafür bezahlen konnten, überließen sie mir den Hund. In solchen Fällen hatte ich immer die Möglichkeit, das Tier zu verkaufen, damit ich wenigstens einen Teil meiner Unkosten wieder hereinbekam.

Arco war eine sehr liebe, stille Dogge. Um ihm eine Freude zu machen, wollte ich eines Tages mit ihm und seiner Schwester Amica, die ja meine Dogge war, spazierengehen. Also holte ich beide nach draußen, Arco aus der Pension und Amica aus der Wohnung. Nie kann man genug lernen, denn daß Hunde, wenn sie alleingelassen werden, schon nach wenigen Monaten ihr »Familiengefühl« verlieren, habe ich damals noch nicht gewußt. Meine Hunde lebten ja immer in Gemeinschaft, und obwohl sie meistens nicht verwandt waren, gehörten sie in meinem Haus zusammen. Amica war eine große, behäbige Dogge, die aufgrund ihres schwachen Herzens nie besonders rege war, aber was ich bei ihrem Zusammentreffen mit Arco erlebte, hatte ich nie für möglich gehalten. Als sie aus der Haustür kam und Arco sah, der ruhig dastand, sprang sie mit einem Satz – fast flog sie durch die Luft – auf den Doggenrüden zu, stürzte sich auf ihn und warf ihn dabei fast um. Mit meinem Aufschrei hatte sie wohl nicht gerechnet: sie erschrak, ließ Arco los, und ich konnte, ohne daß einer von uns einen Schaden erlitten hatte, beide wieder auf ihre Plätze zurückbringen. Durch diesen Vorfall klug geworden, überlegte ich seitdem noch sorgfältiger, welche Hunde ich zusammen spielen lassen konnte. Das galt besonders für die gleichgeschlechtlichen, aber auch für Hunde unterschiedlichen Geschlechtes.

Arco mußte ziemlich lange bei mir bleiben, da ich erst sehr spät die richtigen Hundeeltern für ihn durch eine Annonce fand. Diese liebten die schöne Dogge vom ersten Augenblick an. Sie waren nicht unvermögend und bewohnten in einem vornehmen Berliner Stadtteil ein sehr schönes Zweifamilienhaus mit einer Terrasse und einem Garten. Leider wohnte im ersten Stock eine Familie, die nicht tierlieb war. Die Leute schleppten absichtlich den Schmutz von der Straße mit auf die Treppe, die zur Eingangstür führte, und behaupteten, der Dreck stamme von der Dogge, die jedoch in der langen Zeit, die sie bei mir war, kein einziges Mal soviel Schmutz hinterlassen hatte. Familie Mundt, so hießen die neuen Hundebesitzer, liebte aber ihre Dogge so sehr, daß sie umzog in ein anderes Haus, das sie gekauft hatte, um mit ihrem Tier in Ruhe zu leben zu können.

Die leider zu kurze Zeit dort war für Arco sehr schön, bis auf einer Baustelle nebenan Rattengift ausgelegt wurde. Eine Ratte muß wohl etwas davon durch Mundts Garten geschleppt und unterwegs verloren haben. Ganz aufgeregt riefen die Eheleute bei mir an: »Frau Schilling, unsere Tochter sitzt im strömenden Regen im Garten und hält einen Regenschirm über Arco, der dort regungslos liegt. Was sollen wir nur machen?« Ich rief sofort Dr. Robl an und bat ihn zu kommen. Natürlich fuhr auch ich gleich zu Mundts. Dr. Robl hat den Hund noch einige Tage am Leben erhalten können, aber das Gift hatte bereits den Körper zerstört. Arco starb, und wir alle waren verzweifelt. Der Kampf, den er verloren hatte, war so grausam gewesen.

Später kauften die Leute einen gefleckten Doggenrüden, Alf. Er war mehrmals bei mir in Pension, war aber nicht so schön und nicht so unkompliziert im Charakter wie Arco, aber er wurde über alle Maßen geliebt und betreut. Solche Hundebesitzer sind Menschen, die man sich für jede Dogge und auch für jeden anderen Hund nur wünschen kann.

Argo geht aus Liebe rückwärts

Eines Tages stand ein Polizist mit seinem Dienst- und Wachhund Argo vor meiner Pension, um die Anlage zu besichtigen. Der Ordnungshüter war sehr ernst, korrekt und betont freundlich, als wenn er sagen wollte: »Komm mir nicht zu nahe!« Der Diensthund war ein stämmiger Rottweiler. Die Hunde dieser Rasse galten vor etwa dreißig Jahren als natürliche Schutz- und Wachhunde; heute werden sie fälschlicherweise als Kampfhunde bezeichnet.

Der Polizist musterte mich von Kopf bis Fuß, so daß ich krampfhaft überlegte, ob irgend etwas Ungewöhnliches an mir war oder ob ich vielleicht eine Straftat begangen hätte. Plötzlich aber lachte er und sagte: »Na, Frau Schilling, ich bin mir nicht sicher, ob das mit Argo und Ihnen gutgeht. Ein Pfotenschlag von meinem Hund, und Sie kleine zierliche Person fallen um wie ein Pfahl.«

Ich ärgerte mich insgeheim über die Äußerungen des Mannes und beschloß, sie einfach zu ignorieren. Statt dessen wandte ich mich Argo zu: »Hallo, Argo, du würdest mich doch niemals umwerfen, oder? Wer soll dir denn dann deine Kekse geben? Wir wollen uns doch lieber in die Augen sehen; deine sind so wunderschön dunkelbraun. Aber jetzt zeige ich dir erstmal dein Reich für die nächste Zeit.« Argo trottete hinter seinem Herrchen her und betrachtete das Zimmer, das große Bett und alles andere sehr sorgfältig.

Plötzlich bekam ich von ihm einen kleinen Handkuß. »Das darf doch nicht wahr sein!« rief sein Herrchen. »Ich werde meinen Hund zu Ihnen bringen, da Sie es sich zutrauen, mit Argo umzugehen. Er mag Sie offensichtlich schon ganz gerne.« Argo kam in meine Pension, während sein Herrchen eine vierzehntägige Dienstreise antreten mußte. Zwischen dem Hund und mir bestand von Anfang an eine tiefe Zuneigung. Er war auch den Pflegerinnen gegenüber artig und gehorsam, ließ sich aber nur von mir sein Futter geben. Vorsichtig wie ein kleiner Schoßhund nahm er die ihm angebotenen Kekse aus meiner Hand.

Aufgrund seiner Größe und seiner Ausbildung bekam Arco keinen Kontakt zu den übrigen Hundegästen. Wenn ich im Garten saß, um mich auszuruhen, wärmte er mir meine Füße. Er lief nie allein, denn er war es von Herrchens Diensttouren gewohnt, bei Fuß zu gehen. Also führte ich ihn auf der Straße spazieren, wo er brav und artig neben mir hertrottete.

Damals war eine Helferin bei mir beschäftigt, die von so kleiner Statur war, daß sie Argo nur um wenige Zentimeter überragte. Aber Angst hatte sie deshalb nie vor dem Hund. Sie ging sehr gerne mit dem Rottweiler spazieren; er ließ sich auch bereitwillig von ihr anleinen, aber nur, wenn ich zu ihm sagte: »Na, dann geh mal schön mit »Krümel« spazieren.« Jedoch drehte er sich auf dem Weg zum Gartentor mehrfach um und ging sogar rückwärts auf die Straße hinaus in der Hoffnung, daß ich doch noch käme und ihn selber ausführte.

Nach vierzehn Tagen wurde er von seinem Herrchen wieder abgeholt – und was ich befürchtet hatte, trat tatsächlich ein: Argo ging rückwärts mit dem Polizisten zum Gartentor hinaus! »Was haben Sie denn bloß mit meinem Hund gemacht?« rief der Mann. »Hoffentlich gibt sich das wieder, wenn wir weg sind!« Als ich mich von Hund und Herrchen verabschiedete, drehte sich der Rottweiler noch einmal nach mir um. Es schien, ob er mir zublinzelte und sagten wollte: »Ich liebe dich, Tanta Pia!«

Benny, der Ausreißer

Eines Tages kam ein amerikanischer General zu mir mit seiner Frau, seinem Sohn und dem Bullterrier Benny. Die Familie besaß noch eine Bulldoggenhündin, die läufig war, und daher sollte Benny vierzehn Tage in meinem Hundehotel bleiben. Im Gegensatz zu den meisten Bullterrierrüden war er sehr ruhig, sogar beinahe sanft. Aber eines Morgens beim täglichen Spaziergang sprang er plötzlich über den Gartenzaun, obwohl dieser besonders stark und so hoch war, daß niemals zuvor ein Hund darübergesprungen war. Benny schaffte das, denn bekanntlich weckt die Liebe ja doppelte Kräfte.

Aufgeregt rief ich sogleich beim General an. Ich wußte ja, daß er nicht verreist war. Als ich ihm den Vorfall schilderte und fragte, was ich denn jetzt unternehmen sollte, lachte er lauthals ins Telefon. »Take it easy, Mrs. Schilling. Das ist typisch für Benny. Er reißt des öfteren aus, wenn eine Hündin hofiert werden muß. Er wird schon bei uns auftauchen.« Da mein Hundehotel zwanzig Kilometer vom Haus des Generals entfernt lag, hielt ich es für reichlich unwahrscheinlich, daß Benny dorthin zurücklaufen würde.

Mittags wollte ich eine kleine Hündin ausführen und ging zum Gartentor – und wer stand davor? Benny! Die Liebe war ihm zwar sehr wichtig, aber noch mehr schwärmte er für »Tante Pias« Futternapf. Ich trug ihn wie ein kleines Kind auf meinen Armen ins Haus hinein. Auf dem Weg dorthin sagte ich zu ihm: »Du verflixter Bengel, eigentlich müßte ich dir jetzt einen Denkzettel verpassen. Aber du bekommst einen dicken Kuß auf deine rote Nase und danach eine doppelte Portion Futter.« Benny röchelte entzückt und gab mir zu meiner großen Freude einen Handkuß.

Solange sich der General noch mit seiner Familie in Berlin aufhielt, kam Benny regelmäßig von selbst vorbei, um mich zu besuchen und eine Portion Futter zu erhaschen. Er stand einfach still vor dem Gartentor und wartete geduldig, bis ihn jemand bemerkte und hineinließ. Nachdem er dann ausgiebig gefressen und geschmust hatte und auf meinen Armen wie ein Baby getragen worden war, trottete er die zwanzig Kilometer zu seiner Familie zurück.

Biene findet schließlich doch noch ihr Glück

Das Haus lag im Prominentenviertel von West–Berlin. Es war ein Miniaturschloß, der Inbegriff aller Märchenschlösser, mit rosafarbenen, weißen und blauen Dachziegeln und schmiedeeisernen Gittern. Nahe der Straße lag ein vom Gärtner gepflegter, wundervoll gestalteter Vorgarten. Auch hinter dem Haus herrschte penible Ordnung. Nie brachte ein Kinderfuß etwas durcheinander, und nie zertrat eine kleine Hundepfote eine einzige Blume. Das Haus hatte innen und außen Marmortreppen. An den Wänden waren seidene Stofftapeten oder eine kostbare Holztäfelung. Auf den Parkettfußböden lagen echte orientalische Teppiche. Seidenbezogene antike Stilmöbel, sehr wertvolle Malereien und Kristalleuchter schmückten die Räume. Die Heizung war jedoch nie in Betrieb, denn die Besitzer gingen um sieben Uhr morgens aus dem Haus, kamen erst gegen einundzwanzig Uhr zurück und legten sich gleich darauf schlafen.

Um die Schönheit des Hauses zu vervollständigen und die Kostbarkeiten zu bewachen, wurde ein Hund angeschafft. Es war eine junge schwarze Dogge, die in einem Zwinger günstig erworben wurde, denn die Ohren knickten in den Spitzen, was zu der Zeit den Wert des Hundes minderte. Die Hündin durfte weder im Garten laufen noch in den kalten, toten Räumen, sie wurde lediglich frühmorgens an der Leine auf die Straße geführt und danach in die Küche eingesperrt. Dort blieb sie vierzehn Stunden ohne Wasser und Futter, damit sie keinen »Schmutz« machte. Das tat sie jedoch trotzdem – aus Einsamkeit und weil sie noch sehr jung war. Zuerst hatte sie einen Hundekorb ohne Decke darin, den sie aber vor Hunger so stark anknabberte, daß er nicht mehr zu gebrauchen war. Danach bekam sie eine alte Matte, worauf sie vierzehn Stunden stilliegen sollte, die sie aber überall herumschleppte und auch zerbiß. Schließlich machte sie sich über die Küchenmöbel her. Wenn die Besitzer abends müde von der Arbeit nach Hause kamen und sahen, was der Hund angerichtet hatte, wurden sie sehr wütend, denn sie mußten die Küche reinigen und aufräumen. Sie nahmen ein kaputtes Stuhlbein und schlugen auf das jaulende, unglückliche Tier ein, so daß es die ganze Nachbarschaft hören konnte.

Nachdem der Hund wochenlang gequält worden war, gelang es einer tierlieben Nachbarin, die Besitzer zu überreden, die Dogge bei mir in Pflege zu geben. bis eventuell ein neues Herrchen gefunden würde. Frau Hirschmann, so hieß die Nachbarin, sagte mir, es sei unmöglich gewesen, diesen Menschen klarzumachen, daß man auf solche Weise nie ein Lebewesen halten und schon gar nicht ein junges Tier lehren konnte, Haus und Besitz zu lieben und zu schützen.

Biene wurde zu mir gebracht. Dünn, ja mager und ängstlich, hatte sie keine Ahnung, wie sie sich benehmen sollte, da sie den Umgang mit Menschen nicht gewohnt war. Sie bekam das schönste Hundezimmer mit Sonnenfenster und einem großen roten Bett, auf dem eine Schaumgummimatratze und eine dicke, warme Velourdecke lagen. Es waren immer eine Schüssel mit Wasser und ein Napf mit Fleisch und Reis da. Zuerst traute Biene sich nicht zu fressen. Ich setzte mich zu ihr aufs Bett und redete leise auf sie ein. Nach kurzer Zeit siegte der Hunger, und sie fraß gierig.

Dann ging ich mit ihr in den Garten, wo sie sich auch kaum bewegte. Aber mit Hilfe kleiner und großer Bälle gelang es mir, sie zum Spielen anzuregen, und sie begann, scheu umherzulaufen. Dadurch wurde sie etwas zutraulicher und folgte mir wieder ins Hundehotel, wo sie sich ganz müde auf ihrem Bett in die Decke kuschelte.

Die ersten Tage vernachlässigte ich meine eigenen Doggen, den achtjährigen Bambino und die fünfjährige Amica. Aber sie wußten ja, daß Mutti ab und zu wegen eines fremden, schwierigen Hundes etwas weniger Zeit hatte als sonst. Außerdem hatten sie in dem großen Haus vieles, womit sie sich beschäftigen konnten, und wurden von meinem Mann und unserer Pflegerin versorgt, bis ich wieder bei ihnen war. Nachdem ich mich einige Tage liebevoll um Biene gekümmert hatte, wurde sie etwas ruhiger, und langsam senkte sich ein Schleier über die Erinnerungen an ihre grausame Vergangenheit. Sie spielte und fraß auch regelmäßig, so daß die Rippen sich nicht mehr abzeichneten.

Nach drei Wochen klingelte das Telefon. Die Besitzer meldeten sich und sagten, sie hätten nachgedacht und wollten es noch einmal mit Biene versuchen. Die Nachbarin hätte jetzt einen Schlüssel zum Haus, und es wäre vereinbart worden, daß sie die Dogge mittags ausführte und fütterte. Außerdem sei es inzwischen Frühjahr und nicht mehr so kalt. Ich war entsetzt, aber was sollte ich tun? Sie waren nun mal die Besitzer des Hundes. Ich rief Frau Hirschmann an, die mir versicherte, sie wolle auf den Hund aufpassen und mir sofort Bescheid geben, wenn wieder Schwierigkeiten aufträten.

Sehr traurig gab ich Biene zurück. Als sie abgeholt wurde, mußte man sie fast von mir wegziehen. Mehr als unruhig verbrachte ich zehn Tage und Nächte. Dann riefen mich

Bienes Besitzer an: die Hündin wäre schwierig geworden und hätte die ganze Zeit nichts gefressen. Ich vereinbarte mit ihnen, die Dogge sofort abzuholen. Man bat mich in den Salon voller Kostbarkeiten. Biene wurde hereingeführt, riß sich los, stürzte zu mir hin und grub ihren Kopf zwischen meine Füße. Ich hatte schon ein Übereignungspapier ausgefüllt und ließ die Besitzer unterschreiben, daß die Unterhaltskosten durch den eventuellen Verkauf gedeckt wären. Biene schmiegte sich an mich, und so gingen wir zum Wagen, in dem sie wie ein Blitz, ohne sich umzudrehen, verschwand.

Zu der Zeit war auch Arco, dessen Schicksal ich bereits beschrieben habe, in meiner Pension. Die beiden verstanden sich von Anfang an gut. Deshalb gab ich ihnen das größte und schönste Doggenzimmer. Da Biene zehn Tage nichts gefressen hatte, wollte ich auch diesmal ihren Magen allmählich ans Futter gewöhnen. Aber ob ich ihr doch zuwenig gab oder ob sie einen so unstillbaren Hunger hatte, das ist mir nie ganz klar geworden. Denn als ich nach der Mittagspause runter kam, um die Doggen in den Garten zu lassen, fand ich eine ganz stille Biene, und die Wolldecke war verschwunden. Erst suchte ich unter ihrem Bett und ihrer Matratze, dann in Arcos Bett. Aber ich konnte die Wolldecke nicht finden! Sie mußte sie in kleine Stücke zerrissen und gefressen haben. Ich rief sofort meinen Tierarzt an. Er kam, machte ihr einen Einlauf und gab ihr Rhizinus. Nichts half. Deshalb fuhr ich sie sofort in die Tierklinik, wo mir durch Röntgenaufnahmen bestätigt wurde, daß die Decke Magen und Darm prall füllte. Um eine Operation zu vermeiden, wurden Spritzen und ein besonderes Medikament gegeben, das sie alle zwei Stunden bekommen sollte.

Ich nahm meinen Liegestuhl, einen Wecker und quartierte mich für den Rest des Tages im Doggenzimmer ein. Am nächsten Morgen um sechs Uhr begannen die Tropfen zu wirken, und ich führte Biene mehrmals hinaus in den Garten. Später fuhren wir erneut in die Klinik. Dort wurde mir gesagt, daß sie durchkommen würde. Aber ich sollte ihr zunächst nur Kalbs- und Hühnerbrühe und erst nach und nach ein wenig Fleisch geben. Um sie besser pflegen zu können, stellten wir ein Doggenbett in unser Schlafzimmer und überließen Bambino und Amica das Eßzimmer und die Wohnhalle. Ich konnte mit Biene durch die Vordertür nach draußen gehen, so daß sie von den Hausdoggen getrennt war, die sich nicht begeistert zeigten darüber, daß die Pensionshunde in ihre Domäne eindrangen.

In der Zwischenzeit hatte ich ein Inserat aufgegeben, um für Biene neue Besitzer zu finden. Es meldeten sich sehr wenige Bewerber, einer jedoch gefiel mir, nachdem ich mit ihm telefoniert hatte. Biene und ich fuhren zu ihm, um sein Zuhause zu besichtigen. Er wohnte im Bezirk Tiergarten, in dem noch Vorkriegshäuser mit Prunkfassaden standen. Wenn man das Eingangsportal mit viel Kraft geöffnet hatte, betrat man das mit Marmor belegte Treppenhaus. Man kam sich vor wie in einem römischen Haus der Antike. Biene und ich stiegen die Treppen hinauf bis zum zweiten Stockwerk, obwohl es einen Fahrstuhl gab, der ebenfalls sehr antik aussah, so daß wir ihn lieber nicht benutzten.

Auf dem Weg zu diesem Haus hatte ich geweint und zu Biene gesagt: »Gott gebe, daß nichts aus dieser Sache wird, ich weiß, es muß wohl sein, aber wie sollen wir uns trennen nach alledem, was wir miteinander erlebten und wo wir uns so liebhaben.« Sehr freundliche Leute öffneten uns die Tür. Wir wurden durch einen endlos scheinenden Flur geführt und kamen in ein großes Durchgangszimmer, das »Berliner Zimmer« genannt wird. Ich werde den ersten

Eindruck nie vergessen. Es war das Spielzimmer für den kleinen Sohn, der, wie mir erzählt wurde, anämisch und herzkrank war. Was es dort nicht alles gab: ein kleines Karussel, ein fast lebensgroßes Plüschpony, eine kleine Hollywoodschaukel, eine Rutsche mit weichen Kissen davor – und den kleinen dünnen Jungen, der kaum so hoch war wie Bienes Rücken. Alles hatte er – zum Spielen fehlte nur etwas Lebendiges. Ich flüsterte Biene zu: »Biene, niemals sollst du ein Spielzeug sein, sondern immer ein geachteter Lebensbegleiter.« Wir verabschiedeten uns höflich. Zurück im Wagen, war ich erleichtert und umarmte Biene. Dabei fiel mir ein dänisches Gedicht ein, das mein Mann ins Deutsche übersetzt hatte:

Der Fetzen

Ich ging in schwerer und schlechter Laune
und sah mich traurig um.
Es war, als hing ein flauer Duft
an allen Dingen der Welt.
Denn sah ich in mein Herz hinein,
hing Fetzen an Fetzen in meinem Sinn.
Und wohin auch mein Auge fiel,
war alles Humbug, Schäbigkeit und Fetzen.
Es war, als ob alles von Pracht und Staat
nur Fetzen und Fetzen war.
Da kam ich an ein armes Bett
im Haus des Flickenschusters,
da lag ein schmächtiger kleiner Junge

mit Watte und Krankenbecher.
Von der Wand hing ein Tapetenfetzen,
der war sein Spielzeug, sein Alles.
Er streichelte ihn mit seiner zarten Hand,
als ob er ein Seidenband sei,
und murmelte zu dem armen Fetzen:
»Du feiner, feiner Fetzen.«
Es war wie Licht vom Paradies,
das durch das Fenster fiel.
Ja, wie ein Berg von Frost und Eis,
der mir vom Herzen fiel.
Ich nahm den Kleinen auf das Knie:
»Wie bist du klug und ich ein Schaf,
für mich war die Pracht Fetzen in Fetzen,
für dich ist der Fetzen schöne Pracht.
Du bist der größte Gottesprophet,
den diese Sonne gesehen hat.«

Immer noch – nach fast dreißig Jahren – sehe ich diese Eltern vor mir, die sich vergeblich bemühten, ihrem kleinen kranken Jungen alles auf dieser Welt zu geben – so viel, daß er nicht mehr imstande war, die Sachen zu schätzen, und nie die Pracht sah, die in einer winzig kleinen Sache verborgen sein kann.

Nach diesem vergeblichen Versuch, Biene ein neues Zuhause zu besorgen, klingelte das Telefon eines Tages erneut. Ich hörte eine vor Tränen kaum zu verstehende Stimme: »Liebe Frau Pia, können Sie uns helfen? Wir kennen uns doch vom Doggen-Club. Unsere süße Heidi ist gestern gestorben, nachdem sie wegen einer Magendrehung operiert werden mußte. Ich bin schon Rentner, wir besitzen nur eine Zweizimmerwohnung im vierten Stockwerk in Spandau; die Heidi war wie unser Kind, sie war unser ganzes Glück. Ich möchte, daß wir so schnell wie möglich eine neue Dogge finden, aber die Preise, die jetzt verlangt werden, sind für uns zu hoch. Ich weiß, wie Sie sich jahrelang für Doggen engagiert haben. Ist es möglich, daß Sie uns helfen können? Alles ist hier tot und leer und ohne Sinn.«

»Ja, Herr Kleis«, antwortete ich, »ich kann Ihnen helfen. Hier neben mir im Schlafzimmer liegt eine ganz süße, liebe Dogge, die ich von einem Höllendasein befreit und gesund gepflegt habe. Ich gebe sie nur an Menschen ab, von denen ich sicher weiß, daß sie dort wie ein Kind im Hause sein wird. Noch eine Enttäuschung würde sie nicht überleben, und ich könnte nie mehr ruhig schlafen. Sie ist aber nicht gelb, wie ihre gestorbene Dogge, sondern schwarz und hat zwei kleine Knicke im Ohr.« Die Eheleute kamen zu mir und gingen mit Biene spazieren. Sie lernten sie kennen und lieben. Daraufhin besuchte ich beide in ihrer Wohnung und überließ ihnen den Hund. Bald danach erzählten sie mir, daß sie sonntags im Wald und über Wiesen mit Biene spazierengingen, wie Biene abends zwischen beiden auf dem Sofa saß und mit ihnen fernsah, wie sie alle drei dabei Chips knabberten und glücklich waren. Im Winter sah ich Biene nie, denn das alte Auto der Familie Kleis wurde zu dieser Jahreszeit immer abgemeldet. Im Frühling aber kamen alle drei wieder zu Besuch. Biene freute sich unbändig und schmuste mit mir, aber wenn Herrchen und Frauchen sich verabschiedeten, lief sie ganz schnell zum Wagen. So war es richtig!

Zwanzig Jahre später wiederholte sich fast dasselbe Schicksal. Diesmal ging es um Anka, die ich in meinem ersten Buch beschrieben habe. Biene und Anka waren zwei Meilensteine in meinem Leben mit den Doggen, zwei, die mein Herz sehr rührten, die ich aber leider nicht selber behalten konnte. Anka wurde neun Jahre alt, Biene elf, und das sogar, obwohl sie sich zwölf Monate vor ihrem Tod noch einer Totaloperation unterziehen mußte. Unvergessene, geliebte kleine »Bie–Maus«!

Birdy tröstet die Dogge Pia

Der Intendant des RIAS, Herr Professor Herbert Kundler, hatte einen Basset namens Birdy, den er sehr liebte und der auch Frauchens ein und alles war. Leider mußte Frauchen ziemlich lange ins Krankenhaus. Herr Kundler kam zu mir und regelte mit mir in seiner freundlichen Art Birdys Aufenthalt im Hundehotel.

Birdy war lieb. Er gehorchte, wenn er Lust dazu hatte, und außerdem besaß er den Hunger und die tiefe Stimme eines Riesenhundes. Als er das erste Mal zu mir kam, war mein eigener Doggenrüde Cäsar gerade gestorben. Cäsar hatte vor allem am Hals und an den Schultern dickes und weiches Fell gehabt, wir nannten es seinen »Pelzkragen«.

Meine junge Doggenhündin Pia, die ich ein halbes Jahr vorher gekauft hatte, liebte ihren Gefährten deswegen ganz besonders. Sie stupste ihre Nase gern zwischen die Hautfalten, schnappte danach und kuschelte sich im Schlaf mit ihrem Gesicht ganz dicht hinein. Nach Cäsars Tod war die kleine Pia ratlos, da sie ihre Gewohnheiten aufgeben mußte. Die Pensionshunde ließ sie unbeachtet links liegen und trauerte ihrem Cäsar nach. Doch dann kam Birdy mit der Baßstimme, der hatte äußerst viele Hautfalten und lange weiche Schlappohren. Und auf einmal wurde Pia wieder fröhlich. Sie spielte und tollte mit Birdy auf dem Rasen, schnappte in seine Hautfalten – und etwas Verlorenes wurde ihr wieder gegenwärtig.

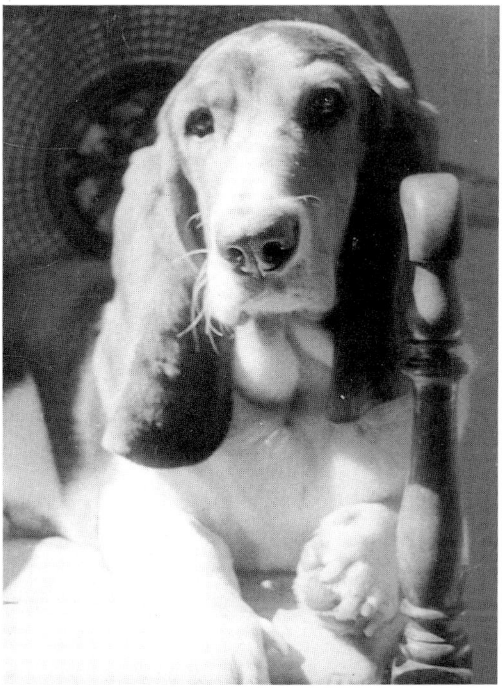

Birdys Frauchen wurde gottlob gesund, ich war manchmal zu Besuch bei Kundlers, und Birdy begrüßte mich immer freudig. Oft wurde er in den folgenden Jahren in meine Pension gebracht, die inzwischen große Dogge Pia war nach wie vor begeistert von seinem Pelzkragen. Später, nachdem ich aus Holland zurückgekehrt war und ein kleineres Hundehotel in Berlin–Rudow aufgebaut hatte, war Birdy noch einmal bei mir zu Gast. Es wurden Presseaufnahmen gemacht, und der Basset sollte unbedingt dabei sein. Die inzwischen acht Jahre alte Pia ließ ich hinaus zu Birdy in den Garten. Heute noch höre ich ihrer beider Jubelgeschrei. Die nicht mehr jungen Hunde waren sofort ein einziges Knäuel auf dem Rasen. Danach sahen sie sich nie mehr. Pia starb zwei Jahre später. Wie alt Birdy wurde, weiß ich nicht genau. Sein Frauchen rief mich eines Tages sehr traurig an und sagte, daß er tot sei. Die Erinnerung an die große Liebe der beiden bleibt für immer in mir zurück.

Bobby – erst verlassen, dann geliebt

Es war ein warmer Regentag im Sommer. Das Grün der Bäume, Pflanzen und des Rasens erschien frischer und leuchtender, die Hunde hatten sich behaglich in ihre Betten hineingekuschelt. Ab und zu zankten sie sich zwar ein wenig, waren aber zu faul, einen ernsten Streit anzufangen.

An der Tür klingelte es, und eine Familie stand draußen mit einem wuscheligen Tibet–Terrier, der vor Wasser triefte. Es war eine Flüchtlingsfamilie, die im Aufnahmelager wohnte und dort keinen Hund halten durfte. Sie hatte Bobby, so hieß der Hund, bereits drei Tage versteckt, dann war er aber entdeckt worden, so daß jetzt eine Lösung gefunden werden mußte. Die Familie versprach, den Hund so bald wie möglich wieder abzuholen und dann die Kosten für seinen Aufenthalt zu bezahlen.

Bobby war gutmütig und mit allem zufrieden. Abgeholt wurde er jedoch nie. Die Briefe, die ich der Familie schrieb, blieben unbeantwortet. Also mußte ich mich nach anderen Besitzern für Bobby umsehen. Ich hatte eine kleine Nichte, die sich in ihn verliebte. Meine Schwägerin hatte zwar eine Abneigung gegen Hunde, die sie aber überwand, wenn es um ihre Tochter ging. Daher erlaubte sie, daß Bobby zu ihnen ins Haus kam. Er hatte dort – wenn meine Nichte zu Hause war – ein angenehmes Leben, viele Jahre lang.

Boris lernt wieder laufen

Er wurde gekauft, um später einmal das kleine Restaurant seiner Besitzer in Westdeutschland zu bewachen und vor Überfällen zu schützen. Aber noch war er erst drei Monate alt. Die Beine waren ein wenig dünn und schief, die Züchterin hatte jedoch gesagt, daß sich das bessern würde, wenn der Hund viel Bewegung hätte. Doch wie sollte er die bekommen, wenn er nicht mehr mit seinen kleinen Geschwistern und seiner Mutter balgen konnte und die Besitzer weder Zeit noch Platz für ihn hatten? Tag und Nacht mußte er in einer großen Kiste hinter dem Tresen sitzen und sich allein beschäftigen mit einem Kauknochen oder anderem Spielzeug. Und das sollte er in seinem kleinen, nicht voll entwickelten Hirn auch noch begreifen!

Was passierte, war also wenig verwunderlich. Boris konnte bald kaum mehr seine Hinterbeine aufrichten. Wenn er für eine Pfütze nach draußen mußte, machte er sich durch Fiepen bemerkbar, so wie seine Besitzer es ihm beigebracht hatten. Irgendwann rief sein Frauchen bei ihrer Mutter in Berlin an und beklagte sich darüber, daß sie Boris nicht mehr behalten konnte. Die Mutter, die alt und gehbehindert war und nur eine kleine Wohnung mitten in der Stadt hatte, sagte dazu: »Bring mir den Boris, ich probiere es mit ihm.« Es fand sich jemand, der den inzwischen ziemlich großen sechs Monate alten Doggenrüden mit den kleinen wackeligen Beinen nach Berlin brachte.

Zum erstenmal, seitdem Boris von seiner Mutter getrennt worden war, spürte er wieder Zuneigung und Wärme. Aber sein neues Frauchen schaffte es nicht, zehnmal am Tag das große Baby auszuführen, damit er an der Leine seine Gehübungen absolvierte. Sie hörte von meiner Pension mit dem großen Garten, kam zu mir und bat mich herzlich,

Boris zu helfen. Also wechselte die junge Dogge wieder ihr Zuhause und wurde bei mir einquartiert.

Die ersten zwei Wochen ließ ich den Hund in Ruhe. Ich unterstützte ihn dabei, wenn er nach draußen auf den Rasen mußte. Aber mit den anderen Pensionsgästen konnte er nicht spielen, weil sie gleich spürten, daß er ihnen unterlegen war. Sie drehten ihm entweder den Rücken zu oder bissen ihn sogar. Also ließ ich ihn nur hinaus, wenn er dort alleine war. Meine Hundepflegerin oder ich versuchten, ihn mit Bällen zum Laufen zu animieren. Aber viel erreichten wir mit dem kleinen, herumgestoßenen Jungen nicht, außer, daß wir uns seiner Zuneigung sicher wurden.

Zur selben Zeit hatte ihn mein Tierarzt regelmäßig untersucht und seinen Körper durch aufbauende Medikamente gestärkt, die Boris mit dem Futter gegeben wurden. Auch mein Hundeerzieher versuchte, ihn durch behutsame Körperübungen zu kräftigen. Dieser Mann war damals bei mir angestellt, um meine Hunde zu betreuen und zu erziehen. Bei seiner eigenen Hündin hatte er mit seinen Methoden bereits große Erfolge erzielt. Aber was auch immer wir taten: bei Boris waren alle unsere Bemühungen nahezu umsonst, seine Beine blieben dünn und kraftlos. Es war zum Verzweifeln!

Jeden Morgen führte ich Boris alleine in den nahe liegenden Park hinaus und ließ ihn dort ohne Leine laufen. Einmal kam mir ein Gedanke, und ich faßte den Entschluß: ich rief meine beiden Doggen, den achtjährigen Rüden Bambino und die fünf Jahre alte Amica. Sie kamen fröhlich springend aus dem Haus und beachteten Boris kaum. Alle drei gingen wir zusammen in den Park, wo die Hunde sofort munter umherliefen. Plötzlich passierte etwas ganz Merkwürdiges: die beiden Großen entdeckten wohl, daß

Boris ihnen nicht ebenbürtig war. Sie stießen ihn an, er fiel hin und kam nicht mehr hoch. Immer, wenn er versuchte, wieder auf die Beine zu kommen, wurde er von Bambino erneut umgestoßen, während Amica fröhlich um die beiden herumsprang. Mein Herz stand fast still vor Schreck und Mitleid, doch dann sah ich etwas, was ich nie für möglich gehalten hätte. Amica und Bambino waren plötzlich ganz anders! Sie gingen ruhig auf Boris zu, der am Boden lag, und halfen ihm mit ihren Köpfen wieder auf die Beine. Und langsam gingen wir heim. An den darauffolgenden Tagen und Wochen wiederholte sich das »Spiel«. Ich hatte jedoch längst erkannt, daß dies kein Spiel war, sondern eine Art »Hilfstherapie« für einen Artgenossen. Schließlich geschah das Wunder: Boris, inzwischen größer und stärker geworden, schaffte es plötzlich, allein auf die Beine zu kommen. Sie wurden zwar nie ganz gerade, und bestimmte Bewegungen machten ihm immer noch Schwierigkeiten, solange er lebte. Aber er hatte mit Hilfe meiner Doggen gelernt, für solche Fälle andere Muskeln zu benutzen. Boris wurde achteinhalb Jahre alt.

Sein Frauchen weinte vor Freude, als ich ihr von der positiven Entwicklung ihres Hundes erzählte. Boris blieb noch einige Wochen bei mir. Inzwischen hatte die alte Dame ein kleines Mädchen gefunden, das zu mir kam, sich mit Boris anfreundete und täglich mit ihm spazierenging, als der Hund wieder zu Hause war. Er lief problemlos an der Leine, denn mein Hundeerzieher hatte ihm auch noch ein »gesittetes« Benehmen beigebracht. Boris war glücklich bei seinem alten Frauchen, und ich hatte eine weitere Erfahrung mit Doggen gemacht. Die Liebe zu dieser Rasse und die Bewunderung für sie vertiefte sich bei mir. Noch heute – Jahre später – lerne ich an jeder Dogge neue Seiten kennen.

Bossy versetzt uns alle in Aufruhr

Es kam ein winzig kleiner Spitz zu mir: Bossy, der zu Hause immer neben dem Rollstuhl seines Herrchens herlief. Bossy war ein lebhafter Bursche, zufrieden und folgsam. In der Hochsaison, wenn zahlreiche Pensionsgäste bei uns waren, hatten wir viel Arbeit damit, die Hunde auszuführen. Eines Abends wollte mein Mann uns helfen. Er nahm den kleinen Spitz an die Leine – und kam nur mit einem Rest davon wieder zurück. Die Leine war gerissen, Bossy war verschwunden. Sofort habe ich das Polizeirevier und das Tierheim angerufen, weil ich die Hoffnung hatte, jemand würde das Tier finden und abgeben. Die halbe Nacht fuhren wir mit unserem Wagen umher und hielten Ausschau nach dem Hund. Am nächsten Morgen, als mein Mann in seine Firma gefahren war, suchte ich allein weiter. Der Tag wurde zur Qual, und noch eine Nacht verging, Bossy war nirgendwo zu finden.

Zwei Tage später klingelte das Telefon, und eine mir unbekannte Frau fragte, wie es dem kleinen Spitz ginge. Sie erzählte mir, sie sei die Nachbarin von Bossys Besitzern und mit ihnen befreundet. Ich war völlig fertig und wollte nicht ihr die traurige Geschichte mitteilen, sondern lieber direkt dem Besitzer, wenn er wieder zu Hause war. Also schwindelte ich: »Dem Hund geht es ganz gut.« Die Frau aber sagte darauf: »Das kann nicht möglich sein, denn er sitzt seit heute morgen bei mir vor der Haustür.« Ich gab auf: »Komme sofort und erzähle alles.« Das Haus lag in Tempelhof, etwa dreißig Kilometer von mir entfernt. Zwei Tage hatte Bossy gebraucht, um nach Hause zu finden. Und das, obwohl er mit dem Taxi zu mir gebracht worden war und den Weg überhaupt nicht kannte!

Ich fuhr bestimmt schneller als erlaubt. Bei meiner Ankunft freute Bossy sich sehr. Nachdem ich die ganze Geschichte erzählt hatte, war die Frau zufrieden. Ich aber habe noch heute Herzklopfen, wenn ich an diesen Vorfall denke. Bossys Leine wurde ersetzt durch eine dünne Kette. Seitdem prüfte ich bei jedem Hund, der zu mir gebracht wurde, Leine und Halsband gründlich daraufhin, ob sie auch stark genug waren. Hatte ich Zweifel, benutzte ich lieber meine eigenen Sachen. Außerdem bekamen alle Hunde eine kleine Marke mit meiner Adresse und Telefonnummer. Die Besitzer nahmen mir das Mißgeschick zum Glück nicht übel, als sie von Bossys »Ausflug« erfuhren. Sie waren sehr nett, und das freute mich sehr, da ich immer noch etwas niedergeschlagen war.

Cilly – treu bis in den Tod

Eines Tages kam eine elegante Dame zu mir und bat mich, meine Hundepension ansehen zu dürfen. Alle anderen Unterbringungsmöglichkeiten für Vierbeiner hätte sie bereits besucht, aber keine hatte ihr gefallen. Nachdem ich ihr alles gezeigt hatte, sagte sie: »Frau Schilling, mein kleiner Pudel kommt hierher. Ich muß ins Krankenhaus. Sie werden eine schwierige Aufgabe bewältigen müssen, denn die Kleine und ich sind ein Herz und eine Seele. Immer sind wir zusammen; wo ich auch bin, meine Cilly ist bei mir.«

Die Frau hatte recht. Als die Hündin zu mir kam, verkroch sie sich gleich in ihrem kleinen Bett und wollte weder fressen noch trinken. Ich trug sie in den Garten hinaus, wo sie nur etwas verloren neben mir stand. Ich ging mit ihr spazieren, versuchte sie mit der Hand zu füttern und blieb eine lange Zeit bei ihr in der Box, um ihr Vertrauen zu gewinnen. Aber Cilly schaute mich nur traurig mit ihren süßen kleinen Knopfaugen an. Schließlich mußte ich Gewalt anwenden. Ich öffnete ihre Schnauze und schob einen Kaffeelöffel mit etwas geschlagenem Ei und Traubenzucker hinein. Das half; schon nach wenigen Tagen fraß sie von allein aus ihrer Schüssel. Sie war jedoch immer noch unglücklich und vermißte ihr Frauchen sehr.

Nach einigen Monaten starb Cillys Besitzerin, und der Geschäftsführer – die Frau hatte mehrere Kinos besessen – kam zu mir, um die Rechnung zu bezahlen. Er sagte, daß er eventuell eine neue Familie für den Pudel gefunden hätte. Ich hatte jedoch von der besten Freundin der Verstorbenen deren letzten Wunsch erfahren: der Pudel sollte nach ihrem Tod eingeschläfert werden, da er ohne sein Frauchen sowieso nicht mehr leben könnte. Der Mann war jedoch anderer Meinung: der Hund wäre jung, gesund, und außerdem läge nichts Schriftliches von der alten Besitzerin vor. Ich konnte trotz vielen Redens den Wunsch der Verstorbenen nicht durchsetzen, und bald wurde der kleine Pudel abgeholt.

Ein halbes Jahr später kam eine Frau zu mir, die für ihren Schäferhund einen Platz buchen wollte. Sie war die Haushälterin bei Cillys neuen Besitzern und erzählte mir, der Hund wäre kurz nach seiner Ankunft dort eingegangen. Er war seinem Frauchen gefolgt, so wie es immer gewesen war: der eine machte keinen Schritt ohne den anderen. Ich weiß noch, daß ich zur Beerdigung der Dame ging, und als alle anderen Trauergäste sich entfernt hatten, trat ich leise an das Grab und sagte: »Liebes Frauchen, verzeih mir. Ich habe es nicht geschafft, deinen letzten Wunsch zu erfüllen.«

Fips und Ondor können es nicht lassen

Am Schlachtensee wohnte einst eine sehr freundliche Familie in einem schönen großen Haus. Sie besaß zwei Mittelpudel, einen braunen mit Namen Ondor und einen schwarzen, der Fips hieß. Die Rüden waren sehr lustig und lieb. Sie hatten nur einen Tick: ihr schönstes Spiel war es, sich gegenseitig als Baum zu benutzen, und das nahezu unentwegt. Natürlich stanken sie deswegen sehr und wurden häufig in die Badewanne gesteckt. Wenn sie eine Zeit lang in meiner Pension sein mußten, wurden sie von ihrer Besitzerin so einparfümiert, daß das ganze Hotel danach roch. Zwar verflog dieser Geruch nach einigen Tagen wieder, dafür aber kam der »Duft« der beiden Pudel sehr stark zur Geltung. Schön war das nicht! Aber die Hundebesitzer waren nette Menschen, denen ich nicht wehtun mochte. Einmal brachten sie mir aus Österreich einen Emailleaschenbecher mit, den ich noch heute besitze und in Ehren halte.

Eines Tages verließ die Familie ihr schönes Haus, da in ihrer Abwesenheit ein schrecklicher Einbruch verübt worden war. Herrchen starb, und Frauchen siedelte nach Bayern über. Ich sah sie noch einige Male nach dem Tod ihrer beiden Hunde Fips und Ondor, wenn sie nach Berlin kam und ihren neuen Begleiter – ebenfalls einen Mittelpudel – zu mir brachte. Er war ein ruhiges, liebes Tier, das »nur« nach Hund roch und daher nicht die »persönliche Note« seiner Vorgänger hatte.

Frederike, an Leib und Seele gebrochen

Es war ein Tag wie viele andere. Das Frühjahr wollte nicht richtig anfangen, die Sonne kam nicht durch, in meinen Tannen rauschte der Wind. Es klingelte, im Haus bellten die vier Doggen und die kleine Chihuahua. Am Tor stand eine Frau mit ihrem schwarzen Mittelpudel. Er war angemeldet, und ich ließ beide in den Garten hinein. Wir setzten uns an den kleinen Tisch, und die Besitzerin unterschrieb mit zitternder Hand die Papiere. Sie kam mir abwesend, fahrig und merkwürdig unpersönlich vor. Der Pudel verkroch sich unter dem Stuhl. Die Frau erzählte mir, daß sie längere Zeit krank gewesen sei und der Hund daher kaum gepflegt worden wäre. Ich solle ihn also besonders gründlich kämmen und baden. Sie müsse zu einer Behandlung ins Krankenhaus. Es könne mehrere Wochen dauern. Ich notierte alles, setzte den Hund in seine Box und führte die Frau durch das Haupttor hinaus. Als sie ging, drehte sie sich um und sah mich mit einem leeren Blick an, wollte etwas sagen, schwieg dann aber doch und verschwand.

Ich holte den Hund aus der Box. Er kam mir genauso abwesend vor wie sein Frauchen, war total verfilzt und hatte einen undefinierbaren Geruch an sich.

Mein Prinzip war es immer, die Neuankömmlinge am ersten Tag in Ruhe zu lassen, damit sie sich an die veränderte Umgebung gewöhnen konnten; normalerweise war auch der Appetit der Hunde am Anfang ihres Aufenthaltes meist nicht so groß. Dieser Hund jedoch kroch fast in die Futterschüssel hinein, als ob er lange nichts gefressen hätte. Er beschnüffelte ausgiebig seinen Raum: das Bett, die Matratze, die sauberen Decken und sogar den Fußboden. Ich brauchte Tage dafür, dem Pudel das Fell zu kämmen und die verfilzten Stellen herauszuschneiden. Der kleine Hund blieb mir ein Rätsel. Er gebärdete sich so teilnahmslos, und auch, nachdem er schon einige Zeit bei mir war, beobachtete er mich immer noch still und beharrlich. Er war nie mürrisch, freute sich aber auch nie; es war, als ob er die Tagesgeschehnisse unbeteiligt an sich vorbeigleiten ließ. Nach einigen Wochen wurde er von der Schwester seines Frauchens abgeholt. Sie saß am Gartentisch und weinte – und dann kam die Lösung des Rätsels: Frederikes Frauchen war eine unheilbare Trinkerin.

Die Schwester streichelte den Pudel und flüsterte: »Armer, armer kleiner Hund, jetzt fängt wohl bald deine Hölle wieder an.« Und mir erklärte sie: »Ich kann das Tier leider nicht bei mir halten, und meine Schwester will es auch nicht. Nach jeder Entziehungskur fängt sie wieder an zu trinken. Sie schließt sich für Tage oder Wochen in der Wohnung ein. Oft muß man zuletzt mit Gewalt eindringen. Der Zustand der Wohnung ist unbeschreiblich, wenn wir die halbtote Besitzerin und den völlig verstörten, halbverhungerten und schmutzigen Hund herausholen. Wir versuchen, die Lage zu vertuschen, nichts hilft. Es geht immer so weiter –

bis sie beide eines Tages daran sterben. Und so schrecklich es ist: es wäre die beste Lösung.« Sie leinte den Pudel an, und so lustlos, wie er gekommen war, trottete er mit der Frau davon, ein kleines Lebewesen, das an Leib und Seele gebrochen war, sich mit allem abfand, ohne Licht im Dunkel zu sehen. Und ich blieb hilflos und erschüttert zurück.

Missie, der ganze Stolz ihrer Besitzerin

Seit einigen Tagen fiel mir eine sehr einfach, aber korrekt gekleidete ältere Frau auf, die nervös vor meinem Haus hin- und herging und das Treiben meiner großen und kleinen Hotelgäste beobachtete. Als ich einmal mit einem der Hunde auf der Straße spazierenging, nahm ich die Gelegenheit wahr und fragte die Frau, ob sie etwas Bestimmtes auf dem Herzen habe. Jetzt erst sah ich den Mittelschnauzer, den sie an der Leine führte. Er schien nicht reinrassig zu sein, machte aber einen netten Eindruck. Die Frau war offensichtlich erfreut, endlich mit mir ins Gespräch zu kommen. »Ja«, meinte sie leise, »es geht um meine kleine Missie.« Dabei wies sie auf den Hund, der aufgeregt bellte. »Ich bin als Putzfrau bei der Post angestellt, war jetzt längere Zeit krankgeschrieben und soll auf Anraten meines Haus–

arztes nun einen vierwöchigen Kuraufenthalt machen. Da ich aber meiner Missie so sehr verbunden bin, kann ich sie nur weggeben, wenn ich überzeugt bin, daß sie gut aufgehoben ist.« Ich war gerührt und bot ihr spontan an, sich das »Kinderheim« mit den Zimmern, den Betten und dem großen Garten doch einmal anzusehen. Mein Angebot wurde dankbar angenommen, und nach Beendigung des Rundganges entschied die Frau mutig: »Also gut, Frau Schilling, ich bringe Missie hierher.«

Ich nahm mir vor, den Preis für den Aufenthalt des Hundes noch einmal zu halbieren, obwohl dieser damals schon sehr niedrig war, aber die anscheinend ärmlichen Verhältnisse, in denen die alte Frau lebte, machten mir meine Entscheidung leicht. Missie kam also zu mir. Sie war lieb und still, nicht sehr klug, aber dankbar für jede freundliche Zuwendung. Nach den vereinbarten vier Wochen übergab ich sie gesund und munter der glücklichen Besitzerin. Nun sollte die Rechnung ausgestellt werden, und da kam mir, so dachte ich wenigstens, ein sehr guter Einfall. »Frau Meyer«, begann ich, »Ihre Missie hat mir in der Zeit, in der sie bei mir wohnte, soviel Freude bereitet, daß ich Ihnen jetzt auch eine machen möchte. Ich betrachte Missie als einen Gast das Hauses und die Rechnung als bezahlt.« Ich sah die Frau sehr freundlich an, aber sie mich nicht. Sie stand langsam vom Stuhl auf und sagte böse: »Frau Schilling! Meine Missie ist genausoviel wert wie die anderen vornehmen Hunde hier. Ich brauche Ihre Almosen nicht und bezahle den vollen Preis!« Sie legte den Betrag, den sie vorher sorgfältig errechnet hatte, unwirsch auf den Tisch.

Ich war froh, daß ich den Tagessatz vorher schon halbiert hatte. Als sich Frauchen mit ihrer Missie von mir verabschiedete, war ich sicher, daß ich nie mehr etwas von ihr hören würde, hatte ich sie doch – wenn auch ungewollt –

beleidigt. Aber ich sollte mich irren. Ein Jahr später bekam ich von der alten Frau eine Karte, die Spuren von Tränen aufwies. Sie teilte mir mit, daß Missie, die sie so liebte, gestorben wäre und ihr Leben jeglichen Sinn verloren hätte. Gleichzeitig fragte sie mich, ob ich nicht einen kleinen Hund wüßte, der ein Zuhause brauche; am meisten würde sie sich über einen Schnauzer freuen. Den vermittelte ich ihr, und die Karte von der alten Frau besitze ich noch heute.

Nelly, das gepflegte Knickohr aus Siemensstadt

Fast am anderen Ende von Zehlendorf, wo meine Hundepension lag, wohnte eine kleine, dünne Frau mit ihrer korpulenten Tochter. Die beiden besaßen einen mittelgroßen Glatthaarterrier mit niedlichen kleinen Knickohren, den sie vor einiger Zeit aus einem Tierheim geholt hatten, um ihn aus der trostlosen Lage dort zu befreien. Der Hund hörte auf den Namen Nelly und war zum Lebensinhalt von Mutter und Tochter geworden, die dadurch ihrem bisher so eintönigen Dasein einen Sinn gaben.

Nelly hatte ein glattes, glänzendes Fell und kleine, gepflegte Nägel. Sie schlief in dem großen Doppelbett zwischen den beiden Frauen auf einem sauber bezogenen Kissen und saß auf einem dritten Stuhl mit ihnen am Tisch. Die beiden Frauen legten ihrer Nelly kleine appetitliche Häppchen in eine hübsche, bunte Porzellanschüssel. Das Tier suchte diese sauber heraus und fraß sie dann. Natürlich wurde mein Hotel erst von allen Seiten begutachtet, bevor entschieden wurde, daß Nelly die nächsten fünf Wochen bei mir wohnen würde.

Auf der Fahrt zu meiner Pension fuhren die Frauen erst mit dem Bus, später mit der S–Bahn und stiegen in Zehlendorf aus. Wie bei einem Ausflug hatten sie Brötchen und Tee mitgenommen, denn zwischen der Endstation und meinem Haus lagen ein kleiner Wald und ein Park. Darin befand sich eine Bank, auf der die drei Platz nahmen. Nelly saß auf einer eigenen Decke und einem dicken Kissen und bekam frisches Wasser gegen den Durst. So saßen sie alle drei und beobachteten die Vögel. Als sie endlich meine Pension erreichten, wurde mir Nelly übergeben. Die Frauen waren sehr nervös und besorgt. Damals dachte ich, genau wie in den Jahren danach, wenn Nelly dann einige Zeit bei mir wohnte: »Ich glaube, es fehlt nicht mehr viel, und der Hund spricht genauso wie wir Menschen.« Das wenigstens war mein Eindruck von Nelly, wenn ich sie insgeheim beobachtete. Die Kleine schien jedes Wort, jede Geste und jedes Zeichen zu verstehen. Als sie eines Tages starb, war die Trauer derer, die das kleine Knickohr kannten, riesengroß, was ich nur allzugut verstehen konnte.

Um über den schmerzhaften Verlust hinwegzukommen, wurde kurze Zeit später ein neuer Hund angeschafft: ein Mittelpudel mit dem Namen Ali – ein gutmütiger, goldiger Kerl. Aber er konnte Nelly in Bezug auf Klugheit und Originalität nie das Wasser reichen. Auch ich werde Nelly nie vergessen, ihr Bild schmückt ebenfalls die Wand meines Hundehotels.

Nixe, die schwierige Akrobatin

Bei mir arbeitete ein Hundelehrer, der die Doggen und einzelne Pensionshunde ausbildete. Ich hatte ihn kennengelernt, als er einmal auf Empfehlung unseres Vorsitzenden des Doggenclubs, Herrn Bruno Gross, zu mir kam. Der Mann mußte eines Tages mit seiner Frau zur Kur fahren. Er hatte eine Dobermannhündin, die schwierig war und daher gut untergebracht werden mußte, besaß jedoch nicht viel Geld. Die Aufgabe reizte mich, denn ich hatte immer schon den besonderen Ehrgeiz, problematischen Tieren, deren Betreuung großes psychisches Einfühlungsvermögen erforderte, zu helfen. Ich machte dem Mann, da er ein großer Tierliebhaber war, einen Sonderpreis, und wir vereinbarten, daß Nixe – so hieß die Hündin – einige Tage vor seiner Abreise kommen sollte. Er wollte sicher sein, daß das Tier wirklich gut untergebracht war, sonst wollte er die Reise nicht antreten. Immerhin hatte Nixe vier verschiedene Besitzer gehabt, die alle nicht mit ihr zurechtgekommen waren.

Nixe bekam die größte Box, der Besitzer setzte sie hinein und ging schweren Herzens davon. Ich versuchte, mit Nixe zu sprechen, aber als Antwort knurrte sie nur, fletschte die Zähne und drehte mir den Rücken zu. Dann machte ich eine Kanne Tee und einige Toastbrote, setzte mich in die Nebenbox aufs Hundebett und knabberte ziemlich laut an meinen Butterbroten und Keksen. Nixe beachtete mich gar nicht, hatte aber aufgehört zu knurren. Ich bot ihr durch das Gitter ein Stück Brot an. Ganz langsam begann sie zu sabbern und kam ein kleines Stück näher. Ich tat, als sähe ich sie kaum, und aß weiter. Mein Leben lang habe ich wohl nie soviel Tee getrunken und Toastbrot gegessen. Ein kleines Stück davon hielt ich immer durch das Trenngitter und merkte plötzlich, wie Nixe es erst zart beschnupperte und dann plötzlich wegnahm. Der Bann war gebrochen, und nachdem sie sechs Stück Toastbrot gegessen hatte, rollte sie sich zufrieden auf ihrem Bett zusammen.

Jetzt mußte ich überlegen, wie ich sie ausführen und danach wieder in die Box bringen konnte. Tagsüber versuchte ich einige Male, sie herauszulocken, aber sie bewegte sich nicht. Erst gegen Abend – sie mußte wohl dringend – kam sie zur Tür, worauf ich alles riskierte und sie ohne Leine laufen ließ. Da sie abgerichtet war, gehorchte sie sogar meinem Kommando und kehrte freiwillig in die Box zurück. Ich gab ihr einen Keks, sie schlief ruhig und begrüßte mich am nächsten Morgen stürmisch. Seitdem waren wir gute Freunde. Später ließ ich sie mit meinem Doggenrüden Bambino in den Garten, und die Hunde gewöhnten sich aneinander. Eines Tages konnte ich beide sogar neben meinem Fahrrad herlaufen lassen, wir unternahmen lange Touren bis zum Grunewaldsee, wo sie zusammen badeten.

Nixe machte viel Unsinn. Sie holte den Arbeiter, der gerade die Gaslaterne reparierte, von seiner Leiter herunter und riß ihm ein Loch in seine Hose. Daraufhin gab es ein großes Theater mit der Versicherung. Ein anderes Mal verlor sie ihr Kettenhalsband, aber am nächsten Tag, als wir dieselbe Strecke liefen, kam sie freudig mit dem Halsband an, denn das Suchen hatte sie in ihrer Ausbildung gelernt. Außerdem besaß sie eine gute Nase – im Gegensatz zu meinen Doggen, bei denen ich froh war, wenn sie nur »Fuß, Sitz, Platz« machten. Große Nasentiere sind die Doggen nicht, Kuchenkrümel lassen sie unbeachtet fallen und liegen.

Als ich im folgenden Winter in meiner Wohnhalle ein Hundeweihnachtsfest feierte mit einem großen Baum, der voller Kekse und Würstchen hing, war Bambino der Weihnachtsmann. Er trug eine Zipfelmütze, einen weißen Vollbart und ein Netz mit Geschenken um die Schulter, während Nixe einen kleinen Korb mit frischen Würstchen in der Schnauze hatte. Sie mimte die gute Fee und saß damit artig und lieb über eine Stunde lang, bis die Presseleute, die ich zu der Feier eingeladen hatte, mit dem Fotografieren fertig waren. Später durften die beiden Hunde dann in dem großen Doggenbett Würstchen fressen. Einige »artige« Pensionshunde, die wir zu uns herübergeholt hatten, bekamen auch Leckereien. Es war eine Riesenfeier für das Hotel.

Nixe wurde nicht alt, sie hatte plötzlich Schwierigkeiten, Treppen zu steigen, und ihr Besitzer ließ sie einschläfern. Er wohnte in der zweiten Etage und hätte das große Tier nicht tragen können. Sie war hervorragend abgerichtet gewesen, konnte mit einem rohen Ei im Maul durch kleine Ringe springen und viele andere Kunststücke machen. Einen solchen Hund durfte man nicht armselig zugrunde gehen lassen, wenn er trotz aller Hilfsmittel nicht wieder gesund werden konnte. Nixe wurde zwischen den Doggen begraben, schließlich war sie eine sehr gute Freundin meines geliebten Bambino.

Nixes Besitzer nahm sich nach ihrem Tod sehr liebevoll meiner Doggen an: Bambino, Amica, Cäsar, Ella, Pia, Sabattino und Vizier lernten von ihm die Leinenfügigkeit, das Laufen am Fahrrad und das Gehorchen: Platz, Sitz, Leg dich, Bleib, Steh – all das, was ein »gesitteter« Hund können muß, wenn er in einer Familie lebt. Ich war immer sehr stolz, daß ich mit allen Rassen gut zurechtkam. Die bösen Geschichten über Rottweiler, Dobermänner, Schäferhunde und Doggen dürften gar nicht in den Zeitungen erscheinen, ohne daß man erwähnt, was der Besitzer für ein Mensch ist. Angesichts der Tatsache, wie schlecht die Tiere oft behandelt und wie sie vernachlässigt werden, ist es fast ein Wunder, daß nicht noch mehr Unglücksfälle passieren, und das ist eigentlich ein Beweis von bedingungsloser Liebe des Hundes zu seinen Besitzern.

Odmar wird viel Leid zugefügt

Es war November, mit allem, was dieser Monat bringt. Draußen stürmte es, so daß ich dachte, meine uralten Bäume würden umstürzen. Es regnete nicht, es goß in Strömen. Die Pensionshunde waren vom Abendspaziergang zurückgekommen, wurden trockengerieben, und jeder kuschelte sich jetzt in die warmen Wolldecken seines Bettes, in dem außerdem noch Kekse und Spielzeug lagen. Überall hörte ich ein zufriedenes Seufzen, als wenn sie ihren Nachbarn sagen wollten: »Laßt mich in Ruhe – bei Tante Pia schläft es sich wunderbar.«

Ich war ein wenig aufgeregt, denn von siebzehn Uhr an sollte ein »Neuer« kommen; jetzt war es zwanzig Uhr, und er war immer noch nicht da. Aber dann klingelte es, und der erwartete Hund, eine Dogge, torkelte die Einfahrt herauf, während die Besitzer im Auto fuhren. Als sie mein erschrockenes Gesicht sahen, erklärten sie: »Bei dem Sauwetter konnten wir den Hund nicht in den Wagen packen – er ist hinter dem Auto hergelaufen – ca. zwanzig Kilometer.« Ganz schnell wurden die Einlieferungspapiere ausgefüllt und die Besitzer verabschiedet, da ich sie abscheulich fand. Vierzehn Tage sollte Odmar bleiben. Klitschnaß und zitternd stand er in einer Ecke: eine wunderschöne gestromte Dogge mit großer schwarzer Maske und dunkelbraunen Augen, die jetzt aber vor Anstrengung und Erschöpfung blutunterlaufen waren. Die Fußstapfen zeigten, daß die lange Strecke über Stock und Stein die Füße sehr beansprucht hatten.

Odmar wurde mit einer Unmenge Frottiertüchern trockengerieben, in eine Wolldecke gepackt und in mein größtes »Gästebett« gelegt. Er bekam warme Milch mit Honig, was er gierig schlabberte. Ich säuberte seine Pfoten ganz vorsichtig, rieb sie mit einer Heilsalbe ein und zog vier Babysocken darüber, die ich noch von meiner Dogge Pia hatte. Wir waren eben von einer Reise aus Dänemark zurückgekommen, und dort hatten Steine und Salzwasser ihre Füße sehr angegriffen. Ich setzte mich auf Odmars Bett und hielt seinen Kopf in meinem Schoß, streichelte ihn und erzählte ihm leise, daß alles wieder gutwerden würde – jedenfalls für die nächsten vierzehn Tage! Er war anscheinend dankbar und brummte zufrieden. Als ich sein Gesicht berührte, merkte ich, daß er über dem linken Augenlid ein fast erbsengroßes Gewächs hatte. Er blinzelte deswegen etwas mit dem Auge, aber das hatten die Besitzer sicher genausowenig bemerkt wie die positiven Eigenschaften ihrer Dogge. Die Pfoten heilten, aber die verkümmerte Seele konnte ich nicht kurieren. Nach vierzehn Tagen brachte ich ihn ungern seinen Besitzern zurück, die ein großes Haus hatten. Ein Diener nahm den Hund entgegen und führte ihn zum Stall, in dem er seine meiste Zeit allein verbrachte. Ohne sich umzudrehen, ging er mit gesenktem Kopf hinein.

Längst habe ich nicht mehr mein großes Hundehotel, sondern nehme gelegentlich hier auf dem Lande, wo ich lebe, einen Hund in Pflege. Außerdem habe ich selber noch zwei Doggen. Aber ich werde nie verstehen, warum ein Mensch ein Tier hält, wenn er berufstätig ist und das Tier daher viele Stunden am Tag allein sein muß oder – wie es hier auf dem Lande öfter der Fall ist – das ganze Jahr über in einem winzigen Zwinger lebt und nur einmal am Tag seinen Besitzer sieht, der das Futter hinstellt. Es ist eine Schande, die liebenswerten Geschöpfe, die so unbestechlich in ihrer Treue und Zuneigung sind, so zu mißachten. Ich zerbreche mir den Kopf, wie man diese Einstellung ändern könnte. Wahrscheinlich geht das nie, aber vielleicht kann man sie doch auf irgendeine Weise bessern. Man muß auf die Barrikaden dafür gehen und die Menschen immer wieder darüber aufklären, was Tierhaltung bedeuten kann.

Einige Jahre vergingen. Odmar war, als er zu mir in Pension kam, etwa sieben. Und alt werden Doggen ja leider meistens nicht, dafür jedoch zählt jedes Jahr doppelt, weil man eine so innige Beziehung zu ihnen hat.

Es war Februar, Eis und Schnee lagen überall. Eines späten Nachmittags – es war fast dunkel – klingelte es am Tor, und ein kleiner Junge sagte mir: »Da draußen, zwei Häuser weiter, auf dem Gehsteig, liegt ein Riesenhund.« Ich lief gleich dorthin und fand eine Dogge – oder das, was einmal eine Dogge gewesen war. Die Farbe war kaum zu erkennen, so viele weiße Haare hatte sie, und ihr Gesicht war weiß und grau. Sie atmete noch, wenn auch sehr schwach. Ich bat den Jungen, bei ihr zu bleiben, während ich den Tierarzt rufen wollte. Ich stürzte ins Haus zum Telefon. Aber als ich wieder zu der Dogge zurückkam, war sie gestorben. Um den Hals hatte sie ein zerrissenes Stück Hanfschnur. Sie war ausgesetzt worden wie ein Stück unbrauchbarer Müll und irgendwo festgebunden und sich selbst überlassen. Dort mußte sie ziemlich lange verbracht haben, bis sie sich losreißen konnte, denn sie war erschreckend mager. Ihre alten, trüben Augen starrten mich an aus einem Gesicht, das trotz allem immer noch so wunderschön war. Ich versuchte, die Augenlider zu schließen, und bemerkte dabei deutlich an ihrem linken Augenlid einen erbsengroßen Knoten. Es war Odmar! Guter alter Odmar!!!

Heruntergekommen und weggeworfen wie ein verbrauchtes Stück Papier, hat er wohl noch tagelang leiden müssen – und irgendwie war in seinem Hirn eine kleine Erinnerung haften geblieben, obwohl er nur vierzehn Tage bei mir gewesen war. Doggen vergessen Gut und Böse nie. Odmar hatte mich gesucht und wiedergefunden. Von wo er zu mir zurückgekommen war, wurde nie geklärt, denn als ich die Besitzer anrief, wurde mir erzählt, daß Odmar schon längst gestorben sei.

Parsifal und Tanja, zwei geliebte Doggen

An der Havel stehen auch heute noch einige bescheidene alte Häuser. Sie gehörten einst den Fischern oder waren für das Personal gedacht, das seinerzeit bei sehr reichen Berlinern arbeitete, die dort großen Villen gebaut hatten, um für ihre Familien eine Zukunft zu sichern. In der »Hitler–Ära« hatten die neuen Machthaber mehr das politische

Emporkommen im Sinn, als daß sie sich Gedanken über Kultur und Tradition gemacht hätten. Vieles, was durch Jahrhunderte hinweg verankert war und eine stille Poesie ausstrahlte, wurde abgerissen, um modernen Zementfassaden und zweckmäßigen Bauten zu weichen. Dazwischen aber waren noch Spuren aus früheren Zeiten lebendig. Alte Türrahmen, kleine schiefe Fenster und Räume erzählten von gelebtem Leben und dem damaligem Alltag, und man hatte den Eindruck, daß hier die Zeit stehengeblieben war. In solch einem Moment glaubte man manchmal das Klappern der Pferdehufe und das Topfschlagen der Kinder auf dem holprigen Kopfsteinplaster zu hören.

Geliebtes Berlin! Du hast dir eine ewige »Spur von gestern« bewahrt. Das ist es eben, was diese so sehr geschundene und zerstörte Stadt von allen anderen unterscheidet. Isoliert und abgeschnitten kämpfte sie nach dem Krieg um die Verbindung mit Westdeutschland und behielt den Glauben an sich selbst. Es gibt in diesem schönen Land auch andere Städte mit wundervollen alten Häusern, die von jahrhundertealter Tradition sprechen, aber keine hat soviel Leben wie Berlin, und nirgends ist die Vergangenheit so gegenwärtig. Durch meinen Mann, dessen Familie über Jahrhunderte in Berlin lebte, lernte ich als Dänin diese Stadt so lieben, als wäre ich selbst dort geboren.

In einem versteckten Winkel lag ein ganz altes, kleines Haus, das jahrzehntelang nur als Lagerschuppen genutzt worden war. Dieses wurde nun von einer alten Dame – sie hieß Frau Krien – erworben. Sie richtete sich eine Stube ein, in der ihre Bücher vom Boden bis zur Decke in Regale eingepaßt wurden, ihr kleiner Schlafraum und ihre Küche lagen direkt daneben. Vom Eingang kam man gleich in die Küche. Die Stube war ein winzig kleines Zimmer mit einem Tisch, einem großen Armlehnstuhl, einem Fernseher, einem

Radio und einer alten Liege für ihre Dogge. Hier saß die alte Frau, las, rauchte und hörte Musik bis in die Nacht hinein. Dabei zog das Leben draußen an ihr vorbei, sie merkte es nicht. Sie war glücklich, wenn sie das Schilf rauschen, die Enten und Schwäne rufen oder die kleinen Fischerboote vorbeifahren hörte. Da sie an einer Herz- und Nierenerkrankung litt, fiel es ihr sehr schwer, sich zu bewegen und längere Strecken zu laufen. Zwei Lebensbegleiter waren immer an ihrer Seite: eine kleine Katze namens Casimir und die schöne, fast weiße Dogge Parsifal. Das alte Haus hatte einen kleinen Vorgarten, in dem sich der Hund regelmäßig austobte. Ab und zu büchste er aus und besuchte seine Freundin, einen Jagdhund, im nahen Grunewald. Er wurde jedesmal vom Förster zurückgebracht – alle kannten den lieben und freundlichen Doggenrüden.

Ich lernte die alte Dame kennen, als sie einen Familienbesuch in Westdeutschland machen mußte. Ihr Tierarzt hatte ihr von meinem Hundehotel in Rudow erzählt, und Parsifal sollte dann für eine Woche zu mir. Da ihr Haus aber am anderen Ende der Stadt lag, holte ich die Dogge ab. Damals war Berlin eine Insel, weil sich das Leben innerhalb von Grenzmauern abspielte. Dadurch hielten die Menschen sehr fest zusammen, was sich durch die Maueröffnung entscheidend änderte.

Parsifal war ein lieber, ruhiger Pensionsgast, aber von den acht Tagen, die er bei mir bleiben sollte, vergingen nicht mal vier, bis sein Frauchen ihn wieder abholte mit den Worten: »Frau Schilling, nie mehr ohne meinen Parsi!« Danach sahen wir uns nur noch selten, weil sie so weit entfernt wohnte und ich nie viel Zeit hatte. Ich brachte immer Kaffee mit und große Hundekuchen für Parsifal. Wir verstanden uns gut und unterhielten uns meistens über unsere Liebe zu den Doggen. Darüber konnte ich viel erzählen, schließlich lebte ich zu der Zeit bereits siebenundzwanzig Jahre mit diesen Tieren zusammen.

Frau Krien hatte eine Pflegerin, die sie und den Haushalt versorgte. Diese Frau war zwar sehr höflich, aber sie verstand nie, daß eine alte, kranke Frau, die nicht viel Geld hatte, sich unbedingt eine Dogge halten mußte. Oft machte sie die Bemerkung: »Das tut man doch nicht.« Aber Frau Krien hatte immer Doggen gehabt und liebte diese Rasse sehr. Wir telefonierten fast jeden Tag, denn sie hatte keine Angehörigen in Berlin. Einmal, als sie ins Krankenhaus mußte, blieb Parsifal allein in dem kleinen Haus, drei Wochen lang! Die Haushälterin kam zweimal am Tag – sagte sie –, um ihn hinauszulassen, und stellte frisches Wasser und Trockenfutter hin. Aber die Dogge erkrankte, sie hatte eine Zyste in der Blase, im Urin war Blut. Es wurde zwar kurzfristig besser, kam jedoch immer wieder und war inoperabel. Eines Tages rief Frau Krien weinend an: »Frau Schilling, mein Parsi ist seit drei Uhr nachts tot.« Ich wollte sie trösten, aber mir fielen nicht die richtigen Worte ein; so ließ ich sie weitersprechen. »Er war den ganzen Tag schon so unruhig. Um drei Uhr wollte ich ihn noch einmal hinauslassen. Er lief einige Schritte, drehte sich dann um und erreichte mit Mühe die Türschwelle, auf der er dann zusammenbrach. Ich setzte mich zu ihm, hielt seinen Kopf in meinem Schoß, streichelte ihn und sprach dabei über unser gemeinsames Leben, bis er starr wurde. Da erst war mir klar, daß er schon in eine andere Welt hinübergegangen war. Er ließ mich hier alleine zurück. Ich legte eine Decke über ihn und wartete bis um sieben Uhr auf meine Pflegerin und den Tierarzt, den ich telefonisch verständigte. Die beiden trugen Parsifal in den Kohlenschuppen, da er erst am Montag abgeholt werden kann.«

Ich wollte Frau Krien kurz unterbrechen, aber sie sprach schon weiter: »Wie halte ich bloß dieses Verlassensein aus? Sogar die kleine Katze ist unruhig. Ich habe schon den Zwinger, in dem Parsi geboren wurde, angerufen, und gefragt, ob sie eine andere Dogge für mich hätten, aber es gibt nur eine einzige, die sie verkaufen, und die soll sechshundert Mark kosten. Soviel Geld besitze ich nicht.« Jetzt machte sie eine kleine Pause. Das gab mir Gelegenheit, ihr ein paar tröstende Worte zu sagen und sie etwas zu beruhigen; ich würde versuchen, ihr zu helfen. Daraufhin rief ich einige Zwinger und Tierheime an, aber niemand hatte eine Deutsche Dogge unentgeltlich abzugeben. Da erinnerte ich mich an einen Züchter in Westdeutschland, einen ehemaliger Berliner. Ich fand seine Adresse und Telefonnummer in einem alten Verzeichnis und rief gleich an. Und siehe da! Er hatte eine sterilisierte Hündin, die allerdings etwas schwierig sein sollte. Viermal war sie schon zurückgebracht worden, da niemand mit ihr zurechtkam, nicht einmal ein Tierarzt. Sie galt als eigenbrötlerisch, eifersüchtig und intolerant gegenüber Hunden und Kindern. Jetzt war sie wieder alleine in dem Zwinger, in dem sie geboren worden war! Nach dieser Charakterisierung zweifelte ich allerdings daran, ob gerade diese Hündin die geeignete Begleiterin einer kranken, gehbehinderten Frau sein konnte. Ich verständigte die alte Dame, die sofort einwilligte, es mit dieser Doggenhündn zu versuchen.

Zwei Tage später stand der Zwingerbesitzer mit Tanja vor der Tür. Ich war auch gekommen, um mir das Tier genauer anzusehen. Aber wie erstaunt war ich doch, als die Hündin die ganze Zeit über neben Frau Krien auf dem Fußboden lag. Erst als der Züchter wieder nach Hause fuhr, blickte sie ein wenig unruhig hinter ihm her, drehte sich dann jedoch um und ging wieder ins Haus hinein. Später machte sie einen Rundgang in dem kleinen Garten; nur auf Parsifals ehemaliger Liege wollte sie nicht schlafen. Sie bezog also ihren Platz auf der Türschwelle zum Schlafraum. Die kleine Katze Casimir versteckte sich auf dem obersten Bücherregal. Mit Hilfe einer kleinen Gittertür, die ich Frau Krien schon früher geschenkt hatte, konnte sie Tanjas Platz nun vom Wohnraum abteilen, wenn sich Besuch ankündigte. Die Hündin sah auf diese Weise alles, kam den Leuten aber nicht zu nahe.

Die ersten Tage sperrte sich die alte Frau zusammen mit der Hündin in dem kleinen Raum ein, damit Tanja zutraulicher wurde, denn schon mehrmals hatte sie versucht, die Katze zu jagen. Das kleine Tier unternahm trotzdem ständig Annäherungsversuche, schlich zur Gittertür, miaute und versuchte, die Aufmerksamkeit der Dogge auf sich zu lenken. Es war Tanja völlig unbekannt, daß man um ihre Liebe bettelte. Aber schon nach vier Tagen beschnupperten sich beide durch die Gitterstäbe. Die Hündin schob ihre Pfote ein wenig unter der Tür durch, und Casimir spielte sofort damit. Das schien Tanja sehr zu gefallen. Auch benutzte sie inzwischen Parsifals Sofaliege und lag stolz auf der weichen Velourdecke, die ich ihr geschenkt hatte. Da ihr früher als Strafe für Ungehorsam immer alles weggenommen worden war, liebte sie ihren kleinen »Besitz« um so mehr. Von Frau Krien hörte sie nie ein böses Wort. Wenn Tanja in den Garten ging, erledigte sie schnell ihre Bedürfnisse, stellte sich danach auf die Hinterpfoten und schaute durch die kleine Fensterscheibe, ob Frauchen noch da war. Die Haushaltshilfe, die immerzu das Fenster putzen mußte, ärgerte sich darüber.

Mit Casimir hatte sich Tanja so sehr angefreundet, daß beide zusammen auf Parsifals Liege schliefen. Jeden Morgen, wenn Tanja in den Garten wollte, sah sie zunächst in Frauchens Schlafraum, denn da Frau Krien immer spät zu Bett ging und vorher viele Medikamente eingenommen hatte, schlief sie oft sehr lange. Tanja beschnupperte den Kopf ihrer neuen Besitzerin, zog ein wenig an ihren Haaren, und zum Schluß gab es ein paar Küßchen auf die Nase. So wurde die alte Frau jeden Morgen liebevoll geweckt, wahrscheinlich zum erstenmal in ihrem Leben.

Auch Tanja schien das Gefühl zu haben, voller Liebe aufgenommen zu werden. Anfangs blieb die Dogge aus Angst vor Schlägen jedesmal stehen, wenn sie gerufen wurde, aber Frau Krien sagte nur: »Wenn du nicht mitkommen möchtest, gehe ich eben allein ins Haus«, ging, ließ die Tür offen – und Tanja kam hinterher. Sie begriff schon nach einer Woche, daß es hier auf Erden auch freundliche Menschen gab, die sie sehr gut behandelten. Die alte Dame war glücklich wie schon lange nicht mehr. Ich freute mich darüber, daß ich dazu etwas beitragen konnte. Alle, die uns kannten, hatten mich für verrückt erklärt, als ich mich darum bemühte, diese Beziehung zwischen der kranken Frau und dem schwierigen Hund zustandezubringen.

Frau Krien war eine starke Persönlichkeit, die schon viel Schweres in ihrem Leben hinter sich hatte und gerne allein lebte. Sie vermißte keinen Menschen, nicht einmal ihren Sohn, der die Verantwortung für seine Mutter vollkommen ablehnte und ihre Vorliebe für Bücher und Doggen sowieso nicht verstand. Eines Tages kam die Pflegerin und fand eine völlig verstört und nervös herumlaufende Tanja vor. Die alte Dame war von ihrem Stuhl in dem kleinen Zimmer heruntergerutscht und lag nun bewußtlos unter dem Tisch. Die Pflegerin versuchte, sie von dort wegzuziehen, aber die

Dogge fletschte die Zähne und verteidigte ihr Frauchen. Der Arzt wurde gerufen, und zusammen schafften sie es, Frau Krien in ihr Bett zu legen.

Am nächsten Morgen wurde sie ins Krankenhaus gebracht. Zurück blieben eine vollkommen verstörte, verzweifelte Tanja und eine kleine Katze; sie waren eine ganze Woche allein in dem Haus – wie damals Parsifal. Die Pflegerin ließ beide zweimal am Tag hinaus und stellte Futter und Wasser hin. Aber sonst kümmerte sich niemand um die Tiere. Eines Tages rief sie ganz empört bei mir an. Sie sei heute Mittag in das Haus gekommen und direkt in einen großen Haufen Hundedreck getreten, der unmittelbar hinter der Türe lag. Sie war ziemlich verblüfft, als ich ihr entgegnete: »Ja, Tanja hat in ihrer Sprache erzählt, daß sie hinaus mußte und niemand da war, der sie in den Garten ließ.«

Ein paar Tage später erfuhr ich, daß es Frau Krien sehr schlecht ginge und sie wohl nicht mehr nach Hause kommen würde. Keiner wußte, wie lange sie noch zu leben hatte. Niedergeschlagen und tieftraurig rief ich meine Freunde in Westdeutschland an und fragte, ob sie Tanja wieder aufnehmen würden. Sie versprachen es, und ich war erleichtert, wenngleich ich jedesmal einen Stich in der Herzgegend verspürte, sobald ich daran dachte. Es half aber nichts: jemand mußte gefunden werden, der sie zurückbrachte. Alle Leute, die ich ansprach, erfanden irgendeine Ausrede. Einer meinte, sein Wagen wäre zu klein, einem anderen war es zu gefährlich, mit einer Dogge im Auto zu fahren, ohne daß ein Schutzgitter vorhanden war. Schließlich erklärte sich ein junger Mann bereit, Tanja mit dem großen Kombi seiner Freundin nach Westdeutschland zu transportieren. Er holte die Hündin auch ab, aber bevor die Fahrt begann, überlegte die junge Dame es sich anders, und die Dogge mußte zurück in das kalte, leere

Haus, in dem sie doch einmal so glücklich gewesen war. Dann fragte ich einen jüngeren Handwerker, der ab und zu kleinere Reparaturen in meinem Haus erledigte. Er stellte sich zur Verfügung, wartete auch gar nicht bis zum vereinbarten Tag, sondern fuhr sofort los.

Als sie ihr Ziel endlich erreichten, brachte man Tanja in denselben Zwinger, in dem sie vorher gewesen war. Das sollte ihr helfen, sich schnell wieder einzugewöhnen. Tagelang lehnte sie dennoch jegliches Futter ab; sie wollte selbst ihre »Zwinger–Mutti«, mit der sie sonst immer gut zurechtkam, nicht sehen. Endlich, nachdem sie fast bis zum Skelett abgemagert war, fraß sie wieder – hastig und lustlos und verschwand gleich darauf in ihrer Hütte. So ging es den ganzen Winter über und auch den kommenden Frühling und Sommer. Als der Herbst kam, drehte die Hündin vollkommen durch: sie versuchte ständig, sich einen Weg unter dem Zwingergitter hindurchzugraben. Einmal schaffte sie es sogar, wurde aber wieder eingefangen. Sie war immer auf der Suche nach ihrem Frauchen, dem einzigen Menschen, den sie liebte und dem sie blind vertraute. Die Dogge wurde apathisch und lag an einem Wintermorgen tot vor ihrer Hütte. Die Nase hatte sie fest an die Gittertür gedrückt, in der Hoffnung, doch noch eine Spur zu finden zu ihrem kleinen, verlorenen Paradies!

Penelope träumt noch immer vom Hundehotel

Penelope schreibt an Tante Pia:

Ganz heimlich schreibe ich Dir diesen Brief, liebe Tante Pia, und hoffe, ich finde jemanden, der ihn zu Dir bringt.

Ich glaube, wenn ich Dich nicht getroffen hätte, wäre ich von Hause weggerrannt. Jetzt kann ich mich zusammengerollt auf die rosa Seidenkissen legen und mit geschlossenen Augen davon träumen, daß ich in Deinem Hundehotel schlafe und die Kumpel rechts und links neben mir schnarchen und pupsen höre, und obwohl Du jeden Tag unsere Boxen saubermachst, riecht alles nach Hund.

Ich weiß sehr gut, daß Herrchen und Frauchen Dir erzählt haben, daß ich nur aus Pozellanschüsseln fresse und Wasser vom laufenden Hahn trinke. Habe genau gesehen, wie Deine Augen mir zublinzelten, und mein Herz schlug freudig, als Du mir, nachdem Herrchen und Frauchen gegangen waren, eine emaillierte Schüssel mit Wasser gabst und einen großen Hundekeks, so wie ihn die anderen bekommen hatten.

Was glaubst Du, wie ich mich zuerst geschämt habe auf dem großen Rasen bei Dir mit vierzehn anderen kleinen und großen Hunden. Sie sind ja alle rückwärts gelaufen, wenn sie versuchten, mich zu beschnüffeln. Ich stinke doch nur nach Parfüm und Deo–Spray oder sowas. Zu Hause liege ich auf meinen Seidenkissen, die mit einer Goldkordel umsäumt sind, habe rosa Schleifen auf dem Kopf und eine Seidenleine in der gleichen Farbe, wenn ich ausgeführt werde. Ich darf keine fremden Hun-

de beschnuppern und auch selbst nicht beschnüffelt werden. Wenn ich wieder daheim bin, wird mir sofort mein Popo mit duftendem Seifenwasser abgewaschen und Parfüm–Spray daraufgesprüht. Ich esse und trinke aus rosa Schüsseln und bekomme süße Kekse gereicht, obwohl ich mich doch so sehne nach einem richtigen Hundekuchen.

Und dann kam ich zu Dir in Pension. Nach einigen Tagen war mein Parfümduft verflogen, die anderen Hundegäste fingen an, mich zu beschnuppern, ich konnte graben und toben und wurde akzeptiert. Ich hatte sogar einen schönen, wenn auch nicht ganz reinrassigen Verehrer. Das war ein toller Urlaub, selbst wenn ich am Ende nicht sooo schneeweiß war wie bei der Ankunft. Herrchen und Frauchen waren entsetzt darüber, und ich hatte gar keine Lust, mit nach Hause zu gehen.

Sie lieben mich abgöttisch, ich bin aber für sie eher ein Engel als ein Hund, was ich doch so gern sein möchte. In diesem Punkt werden wir uns wohl nie einig. Jetzt liege ich hier auf meinem Schneewittchenkissen, träume und hoffe, daß ich noch einmal bei Dir sein darf, liebe Tante Pia.

Quintus stellt das Hundehotel auf den Kopf

Meine Hundepflegerin und ich waren an einem warmen Sommertag gerade mit einem schwierigen Terrier beschäftigt, der gebadet und schön getrimmt werden sollte. Da klingelte es am Tor, und draußen stand ein sehr kleiner, dicker Mann mit einem Hund, der die Höhe eines Ponys hatte. Er wirkte auf mich wie eine Mischung aus einer Dogge und irgendeinem Fabeltier und erinnerte mich an ein Einhorn. Auf seinem Rücken saß ein kleiner, munterer Junge, der ungefähr zwei Jahre alt war. Am Halsband trug der Hund einen Behälter. Ich kam mir vor wie in einem Märchen, aber es war Realität.

Beim Vorgespräch – das »Einhörnchen« raste mit dem kleinen Jungen auf dem Rücken im Garten umher – wurde mir erzählt, daß der Besitzer eine kleine Kneipe an der Grenze zwischen Ost–Berlin und West–Berlin hatte, es war noch vor dem Mauerbau. Neben seinem Blockhäuschen war eine große Arena. Die Kinder der Gäste konnten dort auf einem Zwergpony und auf Quintus reiten. Der Behälter enthielt Eierlikör und erinnerte an die Cognacgefäße, die die Bernhardiner in der Schweiz tragen. Jeden Abend vor dem Schlafengehen bekam der riesengroße Doggenmischling ein Glas Eierlikör. Und natürlich sollte ich ihm, solange er bei mir war, auch diesen Schlaftrunk geben. Meine Helferin und ich hatten es schwer, ernst zu bleiben, als wir diese Sonderbehandlung vereinbarten.

Quintus kam: ein ganz ruhiger, friedlicher Hund bezog das große Doppelzimmer mit Bad. Er fraß gut und ließ sich problemlos in den Garten führen, wo er immer an der Außenkante der Rasenfläche seine Runden drehte wie die Tiere im Süden, die es gewohnt sind, Mühlen im Kreis zu drehen. Meine Helferin hatte einen eineinhalbjährigen Sohn, der ab und zu auf Quintus reiten durfte. Beide fanden das ganz prima.

Am ersten Abend, nachdem alle Hunde zufrieden in ihren Betten lagen, hörten wir ein fürchterliches Spektakel unten im Hundehotel. Es war, als ob dort eine Bombe eingeschlagen hätte. Aufgeregt liefen wir hinunter – und siehe da, Quintus hatte alle Betten, Gardinen, Regale und Eßschüsseln durcheinandergeschoben, und in dem ganzen Gewühle lag seine kleine Blechflasche, mit der er herumschepperte. Das Mädchen und ich sahen uns an, und uns war sofort klar, daß wir seinen Bett–Trunk nicht ernst genug genommen hatten. Wir brachten die Gegenstände wieder an ihren Platz zurück, und ich holte eine kleine Blechschüssel. Ich schenkte den Eierlikör ein, Quintus schlürfte ihn gierig und glücklich aus und legte sich danach ruhig schlafen. Ein zufriedenes »Einhörnchen«.

Rita läuft Amok

In einer Laubenkolonie lebte eine alte Frau, die früher einmal Artistin gewesen war. Sie hatte ein Reitpferd namens Tiara und eine kleine Papillon–Hündin, Rita, die ihr Leben mehr auf dem Pferderücken als auf dem Erdboden verbrachte. Die Frau war mit dem Zirkus viel gereist und vom Publikum bewundert worden. Ihr treues und kluges Pferd hatte sie immer begleitet. Beide verstanden sich ohne Worte, und wenn die Besitzerin das Tier striegelte, glich das einer Liebkosung. Eines Tages, kurz bevor die Artistin den Zirkus verließ, hatte sich der weiß–schwarze Papillon hinzugesellt, der von seinem Besitzer, einem Hundedompteur, »ausrangiert« worden war, als er sich beim Springen ein Bein brach. Rita durfte am gemeinsamen Leben von Reiterin und Pferd teilnehmen, die drei verbrachten zusammen eine glückliche Zeit und lebten wie in einem irdischen Paradies. Frauchen nahm eine Arbeit als Haushälterin an, um ihre geringe Rente aufzubessern und beiden Schützlingen gutes Futter und ein warmes Zuhause bieten zu können. Täglich, selbst bei Wind und Wetter, ritt sie ihr geliebtes altes Pferd. Vorn, so dicht wie möglich neben den Ohren des immer noch schönen Tieres, saß der kleine Papillon. Er genoß die Ausflüge offensichtlich, und seine wehenden schwarzen Öhrchen sahen aus wie zwei Federbüsche.

Das winzige Holzhaus, in dem die drei lebten, hatte eine Stube, eine kleine Küche und ein WC. Unmittelbar neben dem Gebäude befand sich ein ehemaliger Geräteschuppen, der jetzt als Stall benutzt wurde und eine Verbindungstür zur Stube hatte, so daß es wie früher bei den Bauern möglich war, zwischen den Räumen hin- und herzugehen. Die Tür bestand allerdings nur aus einem Gitter, was den Vorteil hatte, daß alle drei sich sahen und der kleine Papillon hindurchlaufen konnte. Das tat er besonders gern nachts, um dann dicht am Kopf des alten Pferdes zu schlafen. Der Stall war zur Hälfte mit sauberem Stroh gefüllt, damit das Lager schön warm und weich war. Es wurde auch nie beschmutzt. Genau wie ein gut erzogener Haushund erledigte das Pferd sein »Geschäft« auf dem zum Haus gehörenden Grundstück oder beim Reiten. Rita und Tiara waren unzertrennlich, was die Frau von ihrem Sofa aus beobachten konnte und was sie sehr glücklich machte.

Eines Abends rief eine Frau ganz aufgeregt bei mir an. Zwei Tage lang hatte keiner die alte Artistin und ihre Tiere gesehen. Nachdem ein Nachbar endlich die Tür geöffnet hatte, fand man die alte Frau tot auf dem Fußboden ihres Zimmers. Der kleine Hund war völlig verstört und lag ganz dicht bei dem alten Pferd, welches ohne Hilfe nicht mehr auf die Beine kam. Es mußte später zur Abdeckerei gebracht werden, da es kaum noch laufen konnte. Man fragte mich, ob ich den kleinen Papillon nicht zu mir nehmen wolle, bis eine andere Lösung gefunden würde. Da ich das originelle Gespann, das in der ganzen Gegend bekannt war, mochte, versprach ich, den Hund aufzunehmen.

Als ich ihn holen wollte, war er zunächst verschwunden, aber schließlich fand ich ihn unter dem Kopf des alten Pferdes, das im Stall lag. Kurz darauf kam der Abdecker. Er half dem alten Pferd auf die Beine, um es aus dem Stall zu führen. Eigentlich war der kleine Papillon ein ganz sanfter Hund, aber als der Pferdeschlächter gerade mit Tiara hinausgehen wollte, verwandelte sich dieses zarte Geschöpf in eine Furie. Rita war verzweifelt und wütend. Zwei Tage lang hatte Frauchen keine lieben Worte mehr gesprochen und sie nicht gestreichelt. Es hatte kein Wasser und kein Futter gegeben, der Stall war kalt, und Tiara hatte nicht aufstehen können. All das war schon furchtbar genug – und nun nahmen sie ihr auch noch den liebsten Freund weg! Ritas kleine Welt zerbrach. In ihrer Verzweiflung sprang sie blindwütig den Pferdeabdecker an, riß mit ihren Zähnen blutige Wunden in seine Hände und biß ihm fast den kleinen Finger ab. Aber der Mann gab ihr einen derben Fußtritt, und sie landete vor meinen Füßen, wo ich sie vorsichtig mit meinem Kopftuch einfangen konnte. Ich sprach beruhigend auf das zitternde Geschöpf ein, das einmal so glücklich gewesen war. Dann setzte ich Rita in einen Korb, der früher meiner Chihuahua–Hündin als Tragekorb gedient hatte, und trug sie zu meinem Wagen. Ich muß sagen, daß ich es nicht fertigbrachte zuzusehen, wie man das alte Pferd wegschaffte und die Frau aus dem Haus trug.

Bei mir bekam Rita eine Box, in der ein schönes Bett stand. Darauf lagen zwei weiche Wolldecken, in die sie sich hineinkuscheln konnte. Bevor ich den Korb öffnete, stellte ich Schüsseln mit Wasser, Milch und Honig und eine mit Hackfleisch bereit. Die übrigen Hundegäste ließ ich in den Garten und versuchte, das Vertrauen des kleinen Papillons zu gewinnen. Ich beugte mich über die Zwingertür und sprach beruhigend auf den unglücklichen Hund ein, aber Rita drehte mir den Rücken zu, versteckte den Kopf zwischen den Pfoten und beachtete mich überhaupt nicht. Aber wenigstens lag sie auf dem Bett und war in die Decken gekrochen. »Na«, dachte ich, »ich werde sie in Ruhe lassen, soll sie eben ihr Bächlein dort drinnen machen, morgen werden wir weitersehen.« Aber es kam kein »morgen« mehr; am nächsten Tag lag sie genauso da wie am Abend vorher. Sie war gestorben. Ihr kleines Lebenslicht war erloschen, weil sie alles, was sie liebte, verloren hatte.

Rudy riecht Heimatluft

Rudy war ein ganz gewöhnlicher Terriermischling aus Neukölln. Er hatte keine besonderen Merkmale. Er entsprach dem Bild, das die Menschen oft von einem Hund haben: er ist etwas dumm, hat kein Eigenleben und paßt sich überall leicht an. Als Rudy zu mir kam, zeigte er weder Freude noch überhaupt irgendeine Anteilnahme. Er fraß, war stubenrein, unauffällig und so »gesittet«, wie viele sich ihren Hund wünschen. Er hatte ein rotes Halsband, das gut zu seinem weißen Fell paßte. Eines Tages, beim Spaziergang, riß das Band. Rudy jedoch war ganz ohne Eile weitergetrottet, während das Mädchen, das ihn ausführte, entsetzt zu mir kam und erzählte, was vorgefallen war. Ich griff, wie schon einige Male früher in solchen Fällen, zum Telefon und rief beim Polizeirevier am Teltower Damm an. Die Polizisten waren freundlich wie immer, und einige junge Beamte, die sich über etwas Abwechslung in ihrem eintönigen Beruf freuten, setzten sich in Bewegung und gingen auf Hundejagd.

Am späten Nachmittag klingelte das Telefon, und ein Mann sagte aufgeregt: »Höre vom Revier, Sie suchen einen Terriermischling. Glaube, wir haben ihn; bitte um sofortige Abholung vom Busbahnhof unten in Zehlendorf. Als wir ihn fanden, saß er in einem leeren Bus, der immer nach Neukölln fährt, auf der vordersten Bank. Wir haben ihn mit einem Sack gefangen und in die Toilette gesperrt und können seitdem alle nicht hinein, weil der Hund sich wie ein wildes Tier benimmt.« Man lernt in diesem Leben nie aus: das kleine unscheinbare Hundewesen hatte in dem Linienbus den Neuköllner Stadtgeruch wahrgenommen und dadurch seinen Weg von Zehlendorf, einem ihm völlig unbekannten Stadtteil, nach Hause gefunden – das waren immerhin etwa dreißig Kilometer. Und da sagen die Leute, Hunde seien dumm!

Die Schmusedogge Satan

Der Doggenrüde Satan machte seinem Namen keine Ehre. Er war kein schwarzer Teufel, sondern das absolute Gegenteil: liebebedürftig, anhänglich und verschmust.

Die Familie, in der die Dogge lebte, hatte eine kleine Gaststätte im dichtbevölkerten Neukölln. Die Wohnung der Wirtsleute lag hinter dem Lokal im gleichen Haus. Die Nacht verbrachte Satan im Schlafzimmer seiner Besitzer. Tagsüber hielt er sich in der Schankstube auf, er fand immer einen Platz an der Heizung. Bei jedem Gast war der freundliche, sanfte Hund beliebt. Aber eines Tages geriet seine heile, behütete Welt ins Wanken, denn Frauchen und Herrchen verstanden sich nicht mehr. Frauchen verließ ihr Zuhause und zog in eine andere Wohnung zu einem fremden Mann, fort von ihrem Hund, der sie über alles liebte.

Verzweifelt lief die Dogge zwischen der Gastwirtschaft und Frauchens neuem Heim hin und her. Das ging so weit, daß der Gastwirt sich immer öfter auf die Suche nach Satan begeben mußte, bis er schließlich kaum noch seiner Arbeit nachgehen konnte. Er sah schweren Herzens ein, daß es das beste für das Tier wäre, wenn es ein Zuhause an einem völlig andern Ort bekäme, denn dann würde der Hund nicht mehr die Spuren seiner ehemaligen Herrin aufnehmen können. Er schien sein Frauchen so sehr zu vermissen, daß er nicht in der Lage war, die Trennung zu überwinden.

Der Mann rief mich an und bat mich traurig, für den Hund so schnell wie möglich ein neues Heim zu suchen und ihn solange bei mir aufzunehmen. Er brachte die Decken, Kissen und Spielsachen des Hundes mit, damit ihn nichts mehr an Satan erinnerte. Ich versprach ihm, mich darum zu bemühen, die Dogge unterzubringen, bezweifelte aber, daß das einfach sein würde, da Satan nicht mehr jung war. Hilfesuchend wandte ich mich an die »BZ«, die mich dann auch unterstützte. Sie veröffentlichte ein Foto des Rüden und einen Bericht über sein Schicksal, der sehr zu Herzen ging. Tatsächlich gab es dann auch einige Menschen, die sich für den Hund interessierten, aber angesichts seines Alters machten alle wieder einen Rückzieher. Satan mußte also viele Tage in meiner Pension verbringen. Er war brav, wirkte allerdings sehr traurig und niedergeschlagen. Oft lief er mit erhobener Nase im Garten herum, um eine Witterung seines geliebten Frauchens aufnehmen zu können, aber Stunde um Stunde, Tag um Tag verstrich, ohne daß sich sein Wunsch erfüllte.

Der Doggenrüde versank in tiefe Trauer und gab sich selber auf. Er ließ das Futter stehen und bewegte sich kaum – nicht einmal eine hübsche Doggenhündin konnte ihn aufmuntern. Aber eines Tages passierte dann doch das Unglaubliche. Herrchen rief aufgeregt bei mir an: »Frau Schilling, wohnt mein Hund noch bei Ihnen?« Ich bejahte und merkte, wie ein riesengroßer Stein von seinem Herzen fiel. »Gott sei Dank! Ich komme sofort zu Ihnen und hole ihn ab, und dann lasse ich ihn niemals mehr fort. So lange, wie er nicht bei mir war, konnte ich weder essen noch schlafen. Gottlob, daß Sie ihn noch nicht weggegeben haben. Ich muß es schaffen, ihn zu behalten.«

Als der Mann bei mir eintraf, dachte ich, der Hund würde ihn umbringen, so sehr drückte er sich an ihn. Herrchen weinte vor lauter Glück, Satan endlich wieder bei sich zu haben. Ein paar Mal besuchte ich die beiden später, um zu sehen, wie es ihnen ging, und ich gewann einen guten Eindruck. Der Mann hatte eine Gittertür zwischen der Gaststätte und seiner Wohnung eingebaut, so daß Satan sich nie ausgeschlossen fühlte, aber auch nicht allein auf die Straße laufen konnte, um sein Frauchen zu suchen. Herrchen begleitete ihn stets auf seinen Spaziergängen.

Ihre letzten Jahre verbrachte die Dogge tagsüber mit ihrem Besitzer im Auto, denn der Mann hatte seinen Gastronomiebetrieb aufgegeben. Er betreute und verkaufte nun Zigarettenautomaten. Die Welt des schwarzen Engels namens Satan war wieder in Ordnung, und er lebte mit seinem Herrn in tiefer Freundschaft und Verbundenheit bis zum letzten Tag.

Der Blindenführhund Susie

Für siebzehn Uhr war ein Blindenführhund namens Susie angemeldet. Pünktlich stand das Taxi vor dem Tor. Zuerst verließ die Schäferhündin den Wagen, danach half der Chauffeur einem blinden Ehepaar vorsichtig beim Aussteigen. Susie stand ruhig und abwartend dabei und blickte neugierig umher.

Ich ging hinaus, wobei ich alle Innen– und Außentore weit öffnete. Nach der Begrüßung hakte ich mich bei Familie Gärtner ein und führte sie in den Garten zum Hundeauslauf, wo wir an einem kleinen Tisch Platz nahmen. Ich las das Aufnahmeformular vor und bat Herrn Gärtner zu unterschreiben. Danach begleitete ich beide zu den Hundeboxen und ließ sie das große Holzbett, die Matratze, die Decken und auch das Gestell für Susies Wassernapf befühlen. Sie waren begeistert, als sie bemerkten, daß die Unterkünfte für die Hunde mit sehr viel Liebe eingerichtet worden waren. Zuletzt sprachen sie beruhigend auf die Schäferhündin ein und gingen anschließend zum Wagen zurück, wobei sie der Taxifahrer begleitete.

Herr Gärtner hatte eine leitende Position im Blindenheim; er war noch in der Lage, »hell und dunkel« zu unterscheiden, während die Welt seiner Frau nur »schwarz« war, ausgestattet allerdings mit lebhaften, farbigen Vorstellungen. Trotz ihrer Behinderung standen diese tapferen Menschen mit beiden Beinen im Leben. Sie machten Urlaub in Süddeutschland, fuhren zum Nürnberger Christkindlmarkt und besuchten Kurse, die eine Erleichterung für das Lesen der Blindenschrift durch elektronische Geräte zum Thema hatten. Am meisten beeindruckte mich jedoch, daß sie mit abgöttischer Liebe an ihrer Schäferhündin hingen.

Susie lernte in der Zeit, in der sie bei mir wohnte, eine andere Welt kennen. Ohne Führleine tobte sie im Garten herum, als ob sie nie eine solche gekannt hätte. Dabei war sie so lieb und dankbar, daß ich schon Angst bekam, sie könnte vielleicht ihre ganze Ausbildung vergessen. Aber es stellte sich heraus, daß überhaupt kein Grund zur Sorge bestand. Als sie von ihren Besitzern abgeholt wurde, war sie sofort wieder die zuverlässige, ruhige Begleiterin.

Susie kam später noch öfter zu mir und fühlte sich immer so wohl wie beim ersten Mal. Als ich Berlin verließ, bekam ich das schönste Kompliment in meiner ganzen Laufbahn. Die Gärtners glaubten nämlich, daß sie nur beruhigt verreisen könnten, wenn sie wüßten, daß Susie von »Tante Pia« betreut würde. Viele andere Hundebesitzer, die ich aus der damaligen Zeit kenne, waren vermutlich der gleichen Meinung. Sie nahmen den weiten Weg bis hierher ins Wendland auf sich, um ihre Hunde zu mir zu bringen, und holten die Tiere danach wieder ab. Auch heute noch habe ich regelmäßig Pensionshunde aus Berlin.

Herr Gärtner reiste jedesmal mit dem Zug nach Helmstedt, wo sich früher der Grenzübergang zum Westen befand. Am Bahnhof nahm er ein Taxi, das das Deutsche Rote Kreuz für ihn bereitstellte, und fuhr die lange Strecke bis zu meinem Haus. Susie begrüßte mich stürmisch und fand sich schnell in ihrer neuen Umgebung zurecht. Ich hatte immer einen leckeren Eintopf gekocht und bat Herrn Gärtner und den Taxichauffeur in meine Küche zum Essen. Der blinde Hundebesitzer bewegte sich auch hier sehr sicher. Vier Wochen später wurde Susie auf dieselbe Weise, wie sie hergekommen war, wieder abgeholt. Mindestens zweimal im Jahr kam sie zu mir – und das über einen langen Zeitraum, bis sie eines Tages nur noch sehr schlecht laufen konnte und eingeschläfert werden mußte.

Ein merkwürdiges Gefühl der Leere überkam mich bei dem Gedanken daran, einen so treuen Gast nie mehr wiederzusehen. In mir ist immer noch der Wunsch lebendig, sowohl mein erstes Buch über die Doggen als auch dieses mit den Geschichten aus dem Hundehotel auf ein Tonband zu sprechen, um den vielen Menschen eine Freude zu machen, die das traurige Schicksal tragen, unsere Erde in ihrer Schönheit mit all den leuchtenden Farben nie betrachten zu können. Durch meine Worte und die Melodie der Liebe, die darin zu hören ist, möchte ich ihre innere Welt wärmer und bunter gestalten. Vielleicht wird es mir eines Tages möglich sein, meine Idee zu verwirklichen.

Tossie , gut »behütet«

An einem heißen Sommertag stand eine Frau vor mir mit einem Florentiner–Hut auf dem Kopf, der so riesig war, daß man ihr kleines Gesicht darunter suchen mußte. Er war geschmückt mit zahlreichen seidenen Sommerblumen und breiten Seidenbändern, die unter dem Kinn gebunden wurden, damit er nicht rutschen oder wegfliegen konnte. Ihre Stimme war hell und spröde und hörte sich an wie der Klang winziger Glocken im Wind. Sie sagte, sie wolle sich gerne die Hunderäume ansehen, weil sie für ihren Chihuahua einen Platz suchte.

So behutsam, wie man eine Puppe aus Glas behandelt, führte ich die Frau in mein Büro. Dort begleitete ich sie zum Sofa und ließ sie Platz nehmen. Unsere Bewegungen waren langsam und vorsichtig, damit wir nur nicht den mächtigen Hut berührten. Hier saßen wir nun, und ich wartete darauf, daß sie mir etwas über ihren kleinen Liebling erzählte. Alle Pensionshunde waren still und froh, in der großen Hitze im kühlen Haus zu sein.

Plötzlich hörte ich ein leises, helles »Wuff«. Ich sah mich entgeistert um, und erst jetzt bemerkte ich, daß die schönen Mohn– und Kornblüten auf dem Hut hochstanden und mitten darin einen winzigen Chihuahua beherbergten. Später habe ich noch einmal bei einer Freundin eine Miniausgabe dieser Rasse kennengelernt, aber dieses Tier war noch kleiner – so klein, daß man es nie für möglich gehalten hätte, hätte man es nicht mit eigenen Augen gesehen.

Die Frau lächelte und sagte, daß sie nur für drei Tage in Berlin wäre und daß das Hotel keine Hunde aufnähme, aber man hätte ihr dort meine Adresse gegeben. Sie erzählte mir weiter, daß sie ihren kleinen Liebling immer auf dem Kopf transportierte, im Winter hätte sie dafür einen wunderschönen Nerzhut. Lachend nannte sie mir den Grund für dieses Verhalten: sie war sehr oft in Afrika gewesen und hatte dort bewundert, wie die Eingeborenen alles, was sie transportierten, auf dem Kopf trugen. Und als sie eines Tages in einem englischen Zwinger ihr Hündchen kaufte, kam ihr die Idee, es den Afrikanern gleichzutun. Also hatte sie auf dem Hut eine kleine Schachtel angebracht, die sie im Sommer mit Blüten umkränzte und im Winter mit Pelz. Die Kleine war jetzt zwölf Jahre alt und hatte es sich längst auf dem Kopf ihrer Besitzerin gemütlich gemacht. Platz gab es genug für solch ein kleines Tier, das auch in jede Schürzen–, Hosen– oder Handtasche hineinpassen würde. Tossie überstand die drei Pensionstage sehr gut. Kein Wunder, denn ich behandelte sie wie eine kostbare Porzellanpuppe. In den Garten, wo sie mit mir herumlief wie eine Maus, ließ ich sie immer nur allein, denn selbst der kleinste Pensionshund hätte sie niedertreten können.

Tossie ging mir nie mehr aus dem Kopf. Von dem Moment an, als sie abgeholt wurde, sah ich im Geiste einen kleinen Chihuahua mit meinen Doggen zusammen vor mir. Es war damals 1966, und erst nach zwölf langen, schweren Jahren sollte mein Traum in Erfüllung gehen. Ich kaufte einen bildhübschen Chihuahua, der ganz klein war – wenn er auch nicht zu der Miniaturrasse gehörte – und zwischen den großen, warmen Doggenpfoten aufwuchs. Meine Vorstellungen, die ich von diesen Hunden hatte, mußte ich später korrigieren, denn ich lernte, daß es kaum eine Rasse gibt, die so mutig, stolz und selbständig ist.

Whisky taucht gern

Whisky war ein kleiner, glücklicher Cocker–Spaniel – nicht »black and white«, sondern weiß und braun. Er hatte ein so schönes behütetes Zuhause, daß es ihm nie in den Sinn gekommen wäre, sich anderen gegenüber mißtrauisch zu verhalten. Er dachte, daß das Leben nur aus Liebe, Zuneigung und Respekt voreinander bestünde. Er war ein Gast, der eine Freude für mich war, wenn er nach einem langen Jahr wieder zu mir kam, mich stürmisch begrüßte, sich aber – wurde er abgeholt – genauso wieder ohne große Gefühlsregungen von mir und meinem Hotel verabschiedete. Dieses Verhalten kränkte mich anfangs, da ich mich bemühte, ihm eine Art »Ersatzmutti« zu sein, aber mit der Zeit lernte ich ihn verstehen und gewann die Erkenntnis, daß für jeden Hund, ob groß oder klein, Frauchen und Herrchen das beste auf Erden sein müssen. Jede andere Person kann immer nur Ersatz sein. Wenn es wirklich einmal anders ist, dann stimmt etwas nicht in dieser Mensch–Tier–Beziehung. So etwas erlebte ich leider öfter, und es machte mich jedesmal traurig und nachdenklich.

Whisky liebte den großen Garten meiner Pension, vor allem den Swimming–Pool. Er sprang ins Wasser hinein, schwamm umher und fühlte sich »Cocker–Spaniel–wohl«. Seine Spielkameraden hielten respektvoll Abstand, da die meisten ziemlich wasserscheu waren. Kletterte Whisky die kleine Treppe vom Pool hinauf und erreichte den Rasen, dann schüttelte er sich so ausgiebig, daß alle Umstehenden eilig auseinanderstoben. Das geschah ziemlich oft, aber der kleine Spaniel war so glücklich dabei, daß es eine Freude war, ihm zuzusehen.

Einmal sollte er die Weihnachtszeit bei mir verbringen. Es lag schon etwas Schnee auf dem Rasen, und auf dem Wege zu seiner Box drängte der Cocker plötzlich zur Gartentür des Hundeauslaufs. Ich dachte natürlich, er müsse dringend sein Bein heben, und ließ ihn hinein. Aber was tat mein Whisky? Er stürmte selig auf den Rasen, raste ein paar Runden herum, sprang – und landete im Swimming–Pool, in dem natürlich zu dieser Jahreszeit kein Wasser war. Der Schnee, der sich im Becken befand, milderte seinen Sturz etwas, und so krabbelte er »nur« mit einer großen Beule am Kopf wieder »an Land«. Ich legte ihm sofort einen Eisbeutel auf, aber diese Maßnahme erwies sich als ziemlich unwirksam, da er ständig vom Kopf auf den Boden abrutschte.

Den Nachmittag verbrachte ich mit Schreibarbeiten, saß in meinem Büro. Die Tür zum Hundeschlafraum hatte ich geöffnet und konnte dadurch den kleinen Wildfang ständig im Auge behalten. Ab und zu ging ich zu ihm hin und kühlte seine Beule. So sorgte der kleine Spaniel im Sommer wie im Winter für außergewöhnliche Situationen. Später, als er nicht mehr lebte und ich die anderen Hunde munter im Garten herumtoben sah, fand ich oft, daß irgend etwas fehlte. Ich ertappte mich dabei, daß ich nach Whisky suchte. Das Bild mit seinem kleinen, glücklichen Gesicht strahlt mir von der Wand in meinem Hundehotel entgegen – wenn es auch inzwischen etwas verblaßt ist.

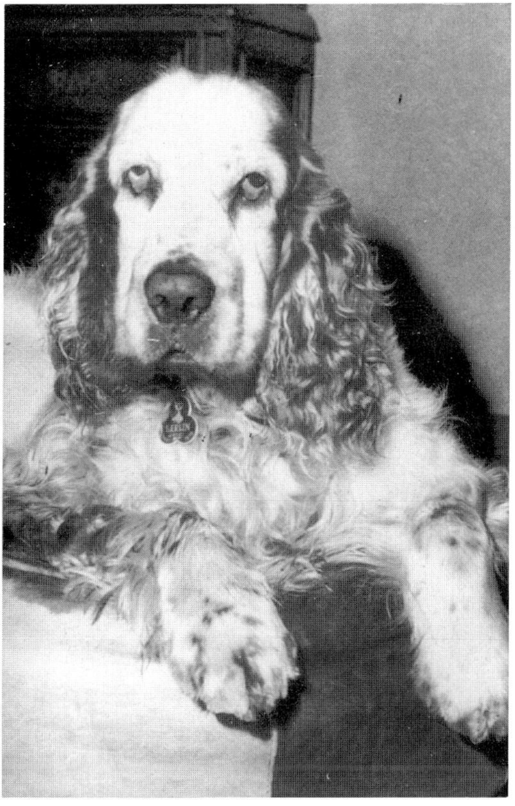

Wendland-Landschaft

Gedanken über Mensch und Tier

Im Wendland, wo ich ein Hundehotel, das wohl mein letztes sein wird, eingerichtet habe, ist vieles anders, als ich es mir vorgestellt hatte. Die Landschaft ist sanft und grün und erinnert mich oft an Dänemark. Vor meinem Haus stehen zwei dicke Eichen, die schon über hundert Jahre alt sind. Jedesmal, wenn sie wieder voller schöner, sich in Wind und Wetter bewegender Blätter sind und viele Vögel dort ein Zuhause finden, ist das Leben in der Natur unbeschreiblich schön. Im Herbst breitet sich ein dicker Teppich von rotbraunem Laub auf der Erde aus. Die Äste werden kahl und zeigen ihre schön geformten Zweige. Stürme, Eis und Schnee können den Bäumen nun nichts mehr anhaben. Sie sind geschützt bis zum erneuten Erwachen im Frühling. Natürlich ist es ein Unterschied wie Tag und Nacht, wenn man das Leben hier mit dem in Berlin vergleicht, und das, obwohl ich nur den Westteil der Stadt kenne, die ehemalige Insel. Die Leute dort waren flink und freundlich. Man hatte das Gefühl dazuzugehören. Hier ist alles ruhig, die Menschen sind meist in sich gekehrt wie die alten Bäume im Winter, und jeder Hof bildet einen eigenen kleinen Staat. Die Bauern mögen und brauchen keine Fremden; und als solcher wird man auch bezeichnet, wenn man Deutscher ist und nur nicht in diesem Teil Deutschlands geboren wurde.

In den kleinen Städten ist es oft anders, denn die Kaufleute wurden nach dem Zweiten Weltkrieg als Flüchtlinge aus allen Ecken des Landes zusammengewirbelt und schufen durch andere Lebensformen eine bunte, aufgeschlossene Welt. Hier wohnen auch viele Künstler – Menschen, für die ein Eigenleben unbedingt notwendig ist, damit sie ihre Gedanken verwirklichen können, oder die kein einfaches Leben hatten und jetzt hier wohnen, um den kleinen täglichen Erlebnissen in der Natur mit ihrem Kreislauf der Jahreszeiten näher zu sein. Diese immer wieder neu faszinierenden Ereignisse findet man nämlich im Alltag und nicht, wenn man auf Safari nach Afrika fährt. Je nach Wind und Wetter ist das Leben hier begleitet von einer Melodie, deren Töne man nur vernimmt, wenn man Augen und Ohren dafür öffnet.

Anfangs glaubte ich noch an die Bauern und dachte, daß sie ihre »treuen Gefährten«, wie sie die Tiere nennen, gut behandelten. Nachdem ich ein Jahr hier wohnte, mußte ich meine Meinung jedoch ändern. Die Bedingungen, unter denen Hühner, Schweine, Kühe und Pferde lebten, waren oft sehr schlecht. Die Menschen sehen in fast allen Tieren nur Nutztiere, die einen Zweck erfüllen müssen.

Ein Bauer hatte eine kleine Jagdhündin, die jung, lieb und sehr lebhaft war. Sie blieb ständig sich selbst überlassen und ging an diesem Leben langsam zugrunde. Ihr Platz war in einer winzigen Hütte. Durch den Zaun konnte sie beobachten, wieviel besser die Tiere des Nachbarn lebten. Sie buddelte Löcher unter der Begrenzung, jaulte, bellte und bettelte um ein bißchen Zuneigung, einen kleinen Keks oder liebe Worte wie: »Bist du ein süßes Mädchen!« Einmal bemerkte Herrchen, daß sein Hund mit dem Nachbarn schmuste, und wurde darüber so wütend, daß er dem Menschen drohte. Eines Tages war die Hündin verschwunden. Ob sie verkauft, verschenkt oder eingeschläfert worden war, habe ich nie erfahren. Darüber wurde nie ein Wort verschwendet. Die Pläne, sie als Jagdhund auszubilden, schienen nicht realisierbar zu sein.

Kurz darauf wurde ein zweiter Jagdhund angeschafft. Er war etwas größer und kräftiger als der erste. Anfangs bettelte er genauso um liebe Worte und Gesten seiner Besitzer, wurde aber ebenfalls nicht beachtet und weggeschoben. Allmählich zeigte er keine Freude mehr und kroch in seine Hütte, wenn der Wagen auf den Hof fuhr. Das Alleinsein, immer draußen und getrennt von der Gemeinschaft mit den Menschen, hatte die Tiere gelehrt, sich still in ein trostloses Leben zu versenken. Man ist so machtlos. Solch ein Elend gibt es oft und überall. Und dabei soll der Mensch ein denkendes Geschöpf, hochentwickelt und intelligent sein!?!

Eine Frau in dieser Gegend beschäftigt sich mit der Psychologie von Tieren. Sie geht zu Menschen, die ihre Hunde vernachlässigen oder sogar quälen. Diese Hunde nimmt sie zu sich und versucht, ein besseres Zuhause für die armseligen Tiere zu schaffen. Oft aber sind sie bereits für alle Zeiten an Leib und Seele zerstört. Die neuen Besitzer bekommen Schwierigkeiten mit ihnen und können sie nicht mehr halten, so daß sie sie schließlich zurückbringen. Jetzt erhofft sich die Frau, daß sie mit ihren psychologischen Kenntnissen den Hunden helfen kann. Ihren Glauben und ihre Bemühung muß man hoch einschätzen. Doch meine fast 40jährige Erfahrung mit Tausenden von Hundegästen in meiner Pension lehrte mich: den Hunden, die ein gestörtes Verhältnis zu ihren Menschengefährten haben, wird man Mißtrauen und Opposition nie nehmen können. Also ist meine Ansicht: Der Mensch, nicht das Tier, müßte psychologisch behandelt werden in der Hoffnung, daß sich durch den Verstand, der uns angeboren ist, die Beziehung zum Tier ändert und verbessert. Die Schäden, in frühem Alter angerichtet, können nie mehr behoben werden. Kein Hund kann damit weiterleben.

Die Zeitungen sind voll von Berichten und Bildern über Tiere, die angreifen und töten. Der Halter dieser Tiere wird kaum bestraft, er zahlt höchstens mal ein kleines Bußgeld, das nie die Qualen auslöschen kann, die der Hund über sich ergehen lassen mußte, bis seine Seele zerbrach und er dann blindwütig zubiß. Neulich wurde das Skelett eines großen Hundes im Wald gefunden, angekettet an ein Drahtseil, das er nicht hatte durchbeißen können. Wie lange er verzweifelt versuchte, sich loszureißen, interessiert niemanden. Auch bemüht sich keiner darum, solche abartigen Tierquäler aufzufinden. Keine Strafe wäre ausreichend. Man müßte diesen Menschen im Wald anketten, damit er merkt, was er getan hat. Aber nein, der Mensch ist doch ein wertvolles Gottesgeschöpf! Wozu dieser allerdings fähig ist, das sieht man jetzt wieder bei unseren Nachbarn, in deren Land schon lange ein furchtbarer Krieg tobt.

Bestimmt bin ich nicht die einzige, die diese Zustände ändern möchte – aber wie? Solange Menschen an der Macht sind, die sich nur um ihr eigenes Wohl kümmern und oft nicht einmal ein Tier im Hause halten, weil es Schmutz und Unruhe verursacht, kann man wohl keine bessere Beziehung zwischen Mensch und Tier erwarten. Selbst vernünftige Politiker schaffen es in manch einem Land nicht, die Menschen daran zu hindern, sich aus Haß und Geltungsbedürfnis zu bekämpfen und zu töten.

Es war einmal – so fangen viele Märchen an. Aber ab und zu werden in unserem leider allzu kurzen Leben auch Märchen wahr: dann nämlich, wenn ein Mensch geboren wird, der viel Phantasie und, solange er lebt, den Mut hat, sich mit guten Gedanken und Taten durchzusetzen in der überheblichen Menschenmasse, die oft übersieht, daß die schillernden Edelsteine meist vor den Füßen liegen und nicht erst an einem weit entfernten Ort gesucht werden müssen; ein Mensch, der seine Ideale bewahrt und vertritt, der das oft unbeachtete Dasein der Tiere ins Licht rückt und sich mit ganzem Herzen dafür einsetzt, daß die Beziehung zwischen Mensch und Tier besser wird. Zum Glück gibt es Menschen mit solchen Anschauungen. Leider leben sie oft zu weit voneinander entfernt, um gemeinsam daran arbeiten zu können, die Herzen ihrer Mitmenschen zu erreichen. Das jedoch wäre unsagbar wichtig in diesem Jahrhundert, in dem Uneinigkeit, Krieg und Grausamkeiten vorherrschend sind. Warum hat Gott die Gattung Mensch so unvollkommen geschaffen, und wie können einige kluge Menschen ihre Ideale dabei behalten?! Sicher kann ich nicht die Menschen ändern, indem ich Tierschicksale schildere, die zu Herzen gehen, aber ich hoffe, damit einen kleinen Beitrag zu leisten, damit die Menschen die Tiere besser verstehen und behandeln.

Wenn Hunde einmal lieben,
dann tun sie es beständig,
unwandelbar
bis zu ihrem letzten Atemzug.

Das schrieb Elisabeth Russell, eine großartige englische Tierbuchautorin, und sie fügte hinzu: »So möchte ich gern geliebt werden.«

Im gleichen Verlag ist erschienen

Pia Bracony Schilling

Mein Leben für und mit 15 Doggen

durch 37 Jahre

Pia Bracony Schilling

erzählt in ihrem ersten Buch von fast vier Jahrzehnten ihres Lebens mit Doggen. Die große Liebe zu dieser Rasse entdeckte sie durch die Lektüre eines Buches, das ihr Mann ihr schenkte, nachdem sie ihm 1947 aus Dänemark in das total zerstörte Berlin gefolgt war. Wenig später zog dann Aida, die treue Hündin ein und bildete damit den Anfang der großen Schillingschen Doggenfamilie.

Ort des Geschehens ist vor allem Berlin, kurz nach dem Krieg. Für manche Leser werden Erinnerungen wachgerufen. Wer diese Zeit nicht miterlebt hat, bekommt einen Einblick in die damalige Situation, die von der Autorin mit viel Humor und Einfühlungsvermögen geschildert wird. Pia Bracony Schilling beeindruckt durch ihren frischen, farbigen Erzählstil und ihre zuversichtliche Lebensphilosophie.

Beide Bücher gehören zusammen, und wer mehr über die Autorin, ihr Leben und ihre Hunde erfahren will, dem empfehlen wir die Lektüre des 1991 erschienenen Buches mit dem Titel: Mein Leben für und mit 15 Doggen durch 37 Jahre.

Im gleichen Verlag ist erschienen

Karlheinz Friedrich

Garçon

Das Tagebuch eines Hundes

Wohin mit dem Hund?

Diese Frage stellen sich fast alle Hundebesitzer vor dem Urlaub. In diesem Buch wird sie ganz einfach beantwortet: er kommt mit und unternimmt zusammen mit Herrchen und Frauchen eine Reise nach Griechenland und in die Türkei. Vier Wochen bereist der Mischlingshund Garçon mit Flugzeug, Schiff, Bus oder Taxi fremde Länder und gewinnt neue Eindrücke. Er lernt andere Hunde und Menschen kennen und macht sich sein Bild davon.

Die 36 Episoden, erzählt von der Hauptperson Garçon selbst, sind nicht nur humorvoll und unterhaltsam, sondern liefern nebenbei auch Informationen über Reisebedingungen und Formalitäten, die bei der Mitnahme eines Hundes ins Ausland zu beachten sind.